나는 고양이 스토커

WATASHI WA NEKO SUTOKA KANZENBAN by ASAO Harumin

Copyright ⓒ 2005, 2013 ASAO Harumin
All rights reserved.
Originally published in Japan by CHUOKORON-SHINSHA, INC., Tokyo.
Korean translation rights arranged with CHUOKORON-SHINSHA, INC., Japan
through THE SAKAI AGENCY and BC AGENCY.

이 책의 한국어판 저작권은 BC 에이전시를 통한 저작권자와의 독점 계약으로
㈜북노마드에 있습니다. 저작권법에 의해 한국 내에서 보호를 받는 저작물이므로
무단전재와 복제를 금합니다.

나는 고양이 스토커

아사오 하루밍 지음

이수미 옮김

북노마드

머리말

고양이 뒤를
밟아보고 싶다

낮에 고양이가 태연한 얼굴로 집에서 나가곤 하는데, 대체 어디로 가는 걸까요? 뒷골목 콘크리트 주차장의 빈 공간에 배를 깔고 누운 고양이를 볼 때면, 밖에 있다고 해서 다 길고양이가 아니라는 생각이 들곤 합니다. 건물이 철거된 뒤 방치되어 풀만 무성하게 자란 공터에서 어슬렁거리는 고양이들도 어쩌면 어느 집에서 애지중지 기르는 아이인지도 몰라요.

제가 길에서 만난 고양이들은 늘 이동하는 도중이었을 겁니다. 그 시간 그 장소에 우연히 있었을 뿐 그곳이 거처는 아닌 것이지요. 어딘가에서 왔다가 또 어딘가로 사라집니다. 밖에서 만난 고양이를 아무리 쓰다듬어주어도 여전히 부족하게 느껴지는 건 시작과 끝이 애매한 독특한 시간 속을 사는 아이들이기 때문이라는 생각이 자꾸만 듭니다.

밖에 나가면 집에서는 하지 않던 망측한 짓을 할지도 몰라요. 저는 그 모습을 보고 싶어서 고양이 뒤를 밟아 보기로 했습니다. 네, 저는 '고양이 스토커'입니다.

이런 '활동'을 시작한 계기는 3년 전 친구가 아기 고양이를 데려갈 사람을 찾았던 일이었습니다. 저는 그럴 생각도 없었으면서 친구 집을 방문하여 아기 고양이들과 만났지요.

태어난 지 한 달 된 아기 고양이들을 바라보는 동안, 제 안에 잠들어 있던 모성이 눈을 뜨고 말았습니다. 친구 집 차고에서 조심조심 걷는 솜먼지처럼 작고 위태로운 생물. 그런데도 어엿한 한 마리의 짐승으로서 제 할 일을 하는 아기 고양이들. 그 아이들을 보고 난 후로는 고양이에 대해서라면 몇 시간이든 이야기해도 좋을 정도로 고양이에 대한 감정이 넘쳐났습니다.

그러다 거리를 돌아다니는 고양이 뒤를 한번 밟아보고 싶다는 생각이 들더군요. 그리하여 고양이 스토커 생활이 시작되었습니다.

고양이를 따라다니다보면 이따금 '고양이 아줌마'도 만나게 된답니다. 말을 걸어보면 입이 무거운 분들이 대부분이라는 걸 알 수 있어요. 길고양이에게 밥을 주는 것이 그녀들의 일상이다보니 고양이를 어려워하는 이웃 분들에게 싫은 소리를 듣는 일이 많아서인 듯합니다.

나도 고양이를 좋아한다고 말하면 그제야 아주머니의 표정이 풀어지면서 고양이 이야기를 조금씩 들려주지요. 나도 언젠가는 고양이 아줌마가 될까요? 얼마 전까지만 해도 '고양이 인간'으로 묶이길 원하지 않았는데, 이제는 고양이 아줌마라 불려도 상관없다고 생각할 정도입니다. 저를 이렇게 만든 고양이의 매력은 대체 무엇일까요?

고양이를 계속 바라보고 싶은 마음에 수첩과 카메라를 들고 마을로 나가 고양이의 이모저모를 살피는 스스로가 신기하기만 합니다.

서른 살이 넘어 혼자 사는 제가 고양이에게 푹 빠졌다고 이야기하면 십중팔구 이런 대답이 돌아옵니다. "남자한테 쏟아야 할 관심을 왜 고양이한테?"

  수많은 생물 중에서도 유독 '여자와 고양이'를 하나로 묶는 이유가 무엇인지 무척 궁금했는데, 개처럼 집도 못 지키고 인명 구조도 마약 수사도 못하면서 상대를 깊이 매료시키는 마력을 갖고 있다는 공통점 때문이 아닐까 하고 지금은 생각합니다.

  저는 지금 일러스트레이터로 일하고 있습니다. 고양이 학자도 아니고, 무슨 독특한 재주를 가진 고양이 달인도 아닙니다. 당연한 말이지만 이 책에 쓴 고양이 생태에 관한 내용이 모두 정확하다고는 볼 수 없습니다. 스토킹 중에 우연히 고양이와 교류하는 부분도 있지만, 대부분 고양이 뒤를 밟으며 겪었던 다양한 사건에 관한 기록입니다. 도시의 골목길을 순례한다고 생각하시고 편안하고 재미나게 읽어주신다면 기쁘겠습니다.

  도대체 어디까지 따라가느냐고요? 괜찮아요, 고양이는 그리 멀리 가지 않으니까요.

차 례

당신도 할 수 있는 고양이 스토킹 입문

멋진 '표적'을
찾으려면

일단 마을 구석구석을 걸어본다. 자동차가 슝슝 달리는 고속도로에서 고양이를 찾는다는 건 도저히 불가능한 이야기. 떠들썩한 큰길보다 한걸음 들어간 좁은 골목, 절이나 신사 경내, 잡초가 우거진 공터, 지면이 뜨듯한 주차장 등, 인간의 생활과 적당한 거리감이 유지되는 장소가 좋다. 고양이가 선호할 만한 분위기를 민감하게 살피고, 몸을 웅크려 가만히 응시하면서 소리에 귀를 기울여본다. 이렇듯 오감을 이용하여 요령을 익히도록 한다.

시간대는 해가 뜰 무렵과 해가 질 무렵. 한여름, 대낮에는 고양이가 없다. 고양이를 쫓기 위한 페트병은 부근에 고양이가 있다는 증거이다.

이제부터 고양이를 잘 찾는 아주 특별한 비법을 알려주고자 한다.

시야를 가로막는 콘크리트 담은 옆집과의 경계선이라는 인간 세상의 상식을 잊으라. 고양이에게 담이란 내려다보기 좋은 기다란 전망대이거나 좁은 통로일 뿐, 담으로 가로막혀 있어도 번지수를 넘어섰다 해도 고양이에겐 그저 모두 이어진 땅이다. 똑같은 물체라도 인간과 고양이에겐 각각 다른 의미로 다가온다는 사실을 인정하고 주위를 살펴보자. 단, 사고에는 주의할 것.

고양이 스토킹에
적합한 복장

고양이 뒤를 밟을 때에는 두 가지 사항에 주의해야 한다. 고양이가 눈치채지 않도록 해야 한다는 것? 아니면 앞질러 가서 잠복하고 기다려야 한다는 것?

아니, 그런 게 아니라, '고양이가 안심하고 산책을 계속할 수 있도록 돕는 것'이 제일 중요하다. 내가 보기에 고양이는 큰 소리를 내는 것, 덮어씌우는 것, 면적이 넓은 것, 위압감을 주는 것을 굉장히 무서워한다. 그러므로 나가기 전에 거울로 자기 모습을 확인하는 편이 좋다. 소리는 작게, 옷은 주변 환경과 어울리게.

두번째로 중요한 사항은 이웃에 대한 대책이다. 고양이가 눈치채지 않아도 이웃 주민이 수상하게 여기면 아무 소용없다. 신고당하기 십상이다.

"저는 고양이를 좋아하는 지나가는 사람입니다. 수상한 사람이 아닙니다"라고 어필할 수 있을 만한 선량한 시민 같은 차림새가 좋다. 주민들이 힐끔힐끔 쳐다보며 불온한 분위기를 조성하기 전에 "이 고양이는 늘 여기 있나요?"라고 웃으며 말을 걸어 고양이를 조사하는 중이라는 사실을 알리거나, 자연스럽게 카메라나 수첩을 보이는 것도 좋다. 그러면 고양이에게 허튼짓을 하지 않으리라는 믿음을 줄 수 있다. 만약 상대도 고양이를 좋아한다면 고양이에 대한 정보를 얻을 수 있을지도 모른다.

그곳 분위기에 잘 어울리는 복장을

메모지

카메라

지도

고양이의 관심을
끌 만한 도구는
들고 나가지 않는다.
나는 늘 빈손으로 간다.

독특한 옷

크게 펼쳐지는 옷

위압감을 주는 옷

고양이가 무서워하는 복장

비법! 고양이의 환심을
사기 위한 테크닉

1

고양이를 칭찬하면서 낮은 자세로 다가간다. 눈높이는 고양이 눈보다 되도록 낮게 한다. 그러면 나는 수상한 사람이 아니야, 무서워하지 마, 라는 뜻을 전달할 수 있다. 떠돌이끼리 나누는 인사 같은 것이다. 어쩌면 고양이도 그들만의 의식에 따라 행동하는 것일지도 모른다.

2

고양이에게 계속해서 눈을 맞추는 행위는 적의의 표명으로 해석될 수 있다. 윙크를 하거나 평소의 여덟 배 정도 속도로 눈을 깜빡이다가 이따금 시선을 피하여 적의가 없다는 사실을 이해시키도록 한다. 고양이 눈에서 힘이 빠지고 뒤로 젖혀졌던 귀가 세워지면 무장해제가 임박했다는 뜻.

3

집게손가락을 고양이 코에 살짝 갖다 댄다. 그러면 틀림없이 손가락 냄새를 맡을 것이다. 그러는 동안 둘 사이의 거리가 상당히 가까워진다. 다가와서 다리에 이마를 대고 비비면 마음을 완전히 열었다는 뜻이다. 이때 고양이는 인간을 자기 영역을 지켜줄 전봇대로 생각한다. 자, 드디어 '쓰담쓰담'의 기회가 왔다!

처음 보는 고양이를 만났을 때는

어머나, 귀여워라.
산책하고 있었어?
착하네! 똑똑하네! 예쁜 야옹이네.
수염이 참 멋있구나!

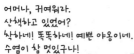

고양이는 손가락
냄새를 맡는다.

뭐야,
이 사람……

시선을 계속
맞추지 않도록 한다.
고양이도 눈을 깜빡인다면
교류에 성공했다는 증거.

여기저기 냄새를 맡는다.

4

머리를 살짝 쓰다듬어보고 고양이가 도망치지 않는다면 '필살의 쓰담쓰담'에 도전한다. 고양이는 이 '필살의 쓰담쓰담'을 무척 좋아한다. 방법은 등에서 꼬리로 연결되는 부분을 누르듯이 조금 힘을 주고 어루만지는 것. 그러면 엉덩이를 바짝 붙이면서 조금 더 쓰다듬어달라고 조른다. 단, 싫다고 발톱을 세우는 고양이도 있으니 상대를 봐가면서 시도하도록.

5

비법 한 가지 더. 어미 고양이와 아기 고양이 같은 끈끈한 관계를 원한다면 고양이의 엉덩이 냄새를 맡으라. 이는 어미 고양이가 자기 새끼에게 하는 행위이다. 친밀감을 행동으로 나타내보자!

※ 필살기

엉덩이가
단단해지면서
꼬리를 세운다.

어미 고양이의
마음으로……

이것만은 지키고 싶은
고양이 스토커 칠계명

1 고양이 옆에서 큰 소리를 내지 않는다. 고양이는 큰 소리가 나면 쏜살같이 도망가버린다.

2 고양이를 늘 칭찬하라. 귀엽다, 영리하다, 착하다, 강하다, 천재다, 장군 같다 등등.

3 만약 의사에게 "고양이 알레르기입니다"라는 말을 들으면 평생 미열이 있는 상태로 멍하니 지낼 각오를 할 것.

4 경계심을 좀처럼 풀지 않는 까다로운 고양이를 만났다면 마음을 열어줄 때까지 진득하게 기다리면서 몇 번이고 말을 걸어보자. 그러면 고양이는 자기만 사랑받고 있다는 우월감에 빠진다. 인간 입장에서는 이 '진득하게, 몇 번이고'를 계속하는 게 얼마나 어려운 일인지 모른다. 그래도 꾹 참길. 성급하게 안으려 하면 오히려 도망치고 싶어지게 마련이다.

5 집요하게 기다리고 있다는 사실을 알아차리지 못하도록 하는 것도 중요한 기술 중 하나. 조금만 더 기다리면 되는데 그 조금을 참지 못하고 성급하게 다가가면 여태까지 쌓은 신뢰를 한순간에 무너뜨릴 수 있다. 고양이가 마음을 완전히 열 때까지는 아무쪼록 신중하게.

6 누군가가 뒤를 밟는다는 사실을 만약 고양이가 눈치챈다면? 그래도 당황하지 말라. 그럴 땐 절대 끈덕지게 쫓아가지 말고 일단 모퉁이를 돌거나 천천히 그 자리를 지나친다. 고양이가 잊었을 즈음에 새로운 기분으로 다시 추적을 시작하도록 한다.

7 아무리 귀여워도 그 순간의 사랑에 눈이 멀어 깊이 생각하지도 않고 덜컥 집으로 데리고 가는 건 절대로 안 될 일! 고양이는 있고 싶은 장소를 스스로 선택한다.

고양이 스토커 파일

이노가시라 공원에서
서바이벌 추적 게임

어느 가을날, 오후 세시. 도쿄의 이노가시라(#の頭) 공원
입구에 있는 찻집 현관에 몸을 동그랗게 말고 물을 마시
는 고양이가 있었다. 물이 담긴 접시에 '먹을 때는 다가
오지 마세요. 무서워해요'라는 묘하게 시적으로 느껴지
는 글귀가 적혀 있었다. 고양이에 대한 따뜻한 배려가 느
껴지는 찻집이다.

그래서 나는 고양이가 움직일 때까지 조금 떨어진 곳에
서서 가만히 기다렸다. 내가 기다리는 모습이 거리를 걷
는 사람들의 눈엔 노출되어도, 고양이만 모르면 괜찮다.

고양이가 물 마시는 것을 멈춘다. 볼일이 있는 듯 서둘
러 걷기 시작하기에 나도 즉시 뒤따랐다. 찻집 정문에서
벽을 따라 걷다가 공원 쪽으로 훌쩍 뛰어내리더니 숲길
을 종종걸음으로 나아간다.

'목적지는 저쪽이다!'라는 확고한 의지가 느껴지는 발
걸음으로…… 도중에 멈춰 서서 나무줄기에 뒤통수를
대고 몇 차례 비빈다. 고양이 입장에서 인간이 만든 산책
로는 그저 바닥이 주위에 비해 단단하다는 특징밖에 없

이런 곳을 잘도 찾았네.

이것도 일.

다. 로프로 가로막혀 있어도 당황하지 않고 줄 밑으로 기어 곧장 직진한다. 고양이가 만든 이 직선 길이 언젠가는 산책로로 변모할지도 모를 일이다. 공원 내의 헛간 앞에 다다르자 위로 훌쩍 뛰어오르더니 앞다리를 가슴 아래에 깔고 엎드린 채 한동안 움직이지 않았다. 아까 그 찻집이 바로 저기 보이는데, 고양이에겐 꽤 먼 거리인지도 모른다.

사진을 찍으려 하자 그새 눈치챘는지 몸을 딱딱하게 굳히기에, 즉각 무관심한 척 근처 매점을 기웃거리는 시늉을 했다. 잠시 후. 아직 헛간 위에 있을까? 있을 것 같은 느낌이 드는데……. 있다!

이번에는 고양이에게 우호적으로 다가가보았다. 내 앞으로 뛰어내린 고양이가 자그마한 머리로 내 정강이를 툭툭 건드리더니 "야옹" 하고 한 번 운다. '먹을 것 좀 줘!'

처음 보는 낯선 인간에게도 뭔가 얻을 수 있으리라 생각하는 것이다. 너, 지금까지 참 행복하게 살았구나.

한 남자아이가 멀리서 고양이를 발견하고 '와아!' 하며 달려왔다. 머리를 마구 어루만져도 고양이는 가만히 있다. 귀엽다. 하지만 괜찮을까 걱정도 된다. 게다가 이렇게 바짝 접근해버리면 미행이란 걸 할 수 없게 된다.

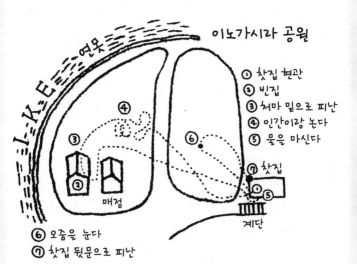

이노가시라 공원

① 찻집 현관
② 빈집
③ 처마 밑으로 피난
④ 인간이랑 논다
⑤ 물을 마신다
⑥ 오줌을 눈다
⑦ 찻집 뒷문으로 피난

IKE 연못

매점

계단

남자아이가 안으려 하자 고양이는 도망쳤다. 아이와 내가 그뒤를 쫓는다. 왔던 길과 같은 코스다. 낙엽 위로 바삭바삭 소리를 내며 일직선으로 달린다. 어디로 가나 했더니 원래 있던 찻집의 식수대로 가서 허겁지겁 물을 마시고, 다시 공원으로 돌아가 낙엽 더미 속에 오줌을 눈다. 널찍한 화장실에서 기분 좋았겠다. 나는 흉내도 못 내는데.

공원에서 옷을 펼쳐두고 팔던 사람이 이제 그만 철수하려는지 돗자리를 접고 있었다. 생각해보니 오늘은 아무와도 이야기를 나누지 않았다. 뭐, 어쩔 수 없지. 모두 집으로 돌아가려 하지만, 사실은 이제부터가 고양이의 시간이지요.

이 넓은 공원 안에 대체 얼마나 많은 고양이가 있을까? 일본 전역에서 모은 가다랑어 포로 공원 한가운데에 후지 산을 만들면 수많은 고양이가 구석구석에서 기어나오는 장관을 목격할 수 있을지도 모른다.

밤의 어둠에
묵혀뒀던 고양이

아직 캄캄한 새벽 다섯시 반, 예전부터 점찍어뒀던 고양이를 보러 갔다. 메구로가와(目黒川) 강변의 수풀 속에서 이웃 아주머니가 준 밥을 먹던 검은 고양이를 발견했으면서도, 밥그릇이 마을 주민들의 눈에 잘 띄지 않는 위치에 있었기에, '앗, 이건 숨겨진 고양이다'라는 직감이 들어 섣불리 다가가지 않고 며칠 동안 묵혀두었던 고양이이다.

고양이의 아침은 이르다. 날이 새기 전 메구로가와 강변을 걷는 사람은 나 혼자였다. 늘 다리 위에 서서 무언가를 지키던 기동대원이 이 시간에도 있다. 만약 여기서 불심검문을 당한다면 뭐라고 대답하지? "고양이를 찾고 있습니다"라고 하면 믿어줄까? 만일 최악의 사태에 직면한다면 수첩에 적어둔 메모를 보여주면 되겠지.

이럴 때는 여자라서 그나마 나은 편이다. 언제까지 그게 통할지는 모르지만. 마음을 졸이며 빠른 걸음으로 걸었다. 다행히 길을 막지는 않네. 휴우, 겁주지 마…….

고양이가 있을 만한 수풀 앞에 이르렀다. 벚나무 뿌리 부근에 골판지 상자를 도려내어 창문까지 만들어놓은 집

어? 없네…… 라고 생각하지만,

여기 있습니다.

이 있고, 벽돌 위에는 빈 접시가 두 개 놓여 있다. 그 접시 위로 비닐우산이 펼쳐져 있는 걸 보고 있는데 "야옹" 하는 고양이 소리가 들렸다. 고양이는 보이지 않고 소리만 들린다. '이런 일이 다 있다니!'라고 생각했는데, 캄캄한 수풀 속에서 나를 부르는 검은 고양이가 어렴풋이 보였다. 일찍 일어나길 잘했다. 어릴 적 깡통에 든 프루트칵테일을 그릇에 옮겨 담아 황도랑 서양배랑 귤부터 전부 먹어치우고 "혹시 또 있을까?" 하고 깡통을 들여다봤다가 시럽 속에 잠긴 투명한 우무를 발견했을 때의 그 환희!

대체 무슨 말을 하고 싶은가 하면, 검은 고양이가 그런 느낌으로 암흑 속에서 슬며시 모습을 드러냈다는 것이다.

그때 아이섀도와 립스틱까지 완벽하게 바른 회색 운동복 차림의 아주머니가 조깅을 하면서 다가왔다.

"쿠로짱, 쿠로짱."

고양이가 느릿느릿 인도로 기어나온다. 아파트에서 또다른 아주머니가 나온다. 손에 그릇을 들고 있다. 그릇 안엔 먹이가 수북하다. 손을 수풀 속으로 쑥 집어넣어 그릇을 내려놓는다. 두 아주머니가 서서 이야기를 나누기 시작한다. 고양이가 밥을 잘 먹는지는 확인하지도 고…… 이 아주머니에겐 밥 주는 것이 그냥 일상일 뿐 고양이를 그리 귀여워하지는 않는 것 같다.

"이 수풀 속에 쿠로짱, 부우, 판다, 세 마리가 살아. 부우는 통통해서 부우라고 지었지. 부우랑 판다는 어미랑 새끼야. 그 두 마리는 여기저기 돌아다니는데, 쿠로짱은 거의 여기서만 지내."

"지난번에 판다가 파칭코에 있다고 해서 가봤더니, 바닥에 떨어진 구슬을 줍고 있더라."

고양이는 밥을 다 먹은 후 어느 가정집 주차장의 콘크리트 바닥에 등을 비비며 뒹굴다가 이제 만족스럽다는 듯 종종걸음으로 외출했다. 두 아주머니는 그 모습을 지켜보다가 서로 잘 가라는 인사도 없이 순식간에 사라졌다. 물론 내가 왜 여기 있는지 궁금해하지도 않았다.

해도 뜨기 전, 고양이가 밥을 먹는 그 몇 분간, 오로지 고양이에 대한 이야기를 하기 위해 여기 오는 사람이 있다는 걸 여태까지는 몰랐다. 이야기할 때 얼굴이 웃고 있지 않았다는 것도 '아줌마'로서는 쿨한 모습이었다.

지금 이 시간, 밥을 주고 있는 이 마을 저 마을의 아줌마들을 상상하며 집으로 돌아간다. 새벽길에 존재하는 고양이 수와 사람 수는 비슷비슷했다.

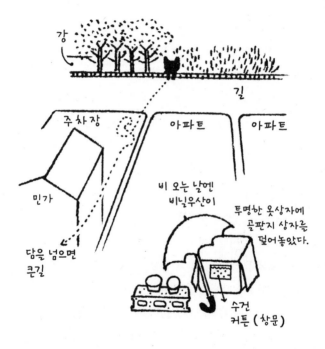

강

길

주차장

아파트

아파트

민가

비 오는 날엔
비닐우산이

투명한 옷상자에
골판지 상자를
덮어놓았다.

담을 넘으면
큰길

수건
커튼 (창문)

한가한 나에게 쫓기는
바쁜 줄무늬 고양이

골목길을 어슬렁어슬렁 걷다가 왠지 바빠 보이는 고양이를 만났다. 짙은 갈색과 검정색 줄무늬 고양이였다. 일단 뒤를 밟아본다.

왜 그런지 몰라도 고양이는 늘 바빠 보인다. 일정한 거리 내로 다가가면 도망가버리므로 거리를 좁히지 않고 따라가는 게 좋다고 나의 메모에 기록되어 있다.

줄무늬 고양이는 내가 뒤를 밟고 있다는 사실을 조금도 눈치채지 못한 듯하다. 고양이에 관한 책을 읽다보면 고양이를 야생 호랑이에 빗대는 문장들을 반드시 만나게 되는데, 지당한 의견이라고 말하고 싶을 만큼 다리의 움직임이 서로 비슷하다. 긴장감이 느껴질 정도로 근육이 단단하다. 대단한 동물이다.

고양이는 골목에 들어서면 자꾸만 모퉁이를 돌기 때문에 나도 열심히 따라가야 했다. 오래된 목조 주택과 주택 사이로 난 좁은 길에 네모난 콘크리트 판이 띄엄띄엄 보인다. 그곳을 빠져나가니 사방이 집 뒷면으로 둘러싸인 좁은 공터다. 마치 집을 뒤집어놓은 것처럼 보이는 광

바쁜 척하는 경우도 있다.

너도 이 집에서 살아볼래?

장이랄까? 이끼가 무성하고, 우물은 비에 그대로 노출될 구조다. 이런 곳은 젠린(ゼンリン, 일본 최대의 지도 제작 회사—옮긴이)의 지도에도 이름을 넣기 어려울 것 같다.

고양이가 갑자기 달리기 시작한다. 나는 놓치지 않으면서 너무 가까이 가지 않을 정도의 속도로 따라갔다. 집 옆으로 빠져나가서 모퉁이를 ㄷ자 형태로 도니 아까 왔던 길이다. 줄무늬 고양이는 지나가던 하얀 고양이에게 추파를 한번 던진 후에, 맞은편 울타리로 머리부터 집어넣는 역동적인 몸짓을 연출. 목적지는 처음부터 '여기'로 정해져 있었다는 듯한 확고한 발걸음이었다. 울타리 안을 들여다보니 처마 밑에서 몸을 쭉 펴고 쉬고 있다. 여기가 네 집이니?

덧붙이기

고양이에겐 미안하지만 내 취향을 말하자면 먼저 다가오는 고양이는 귀엽긴 해도 재미가 없다. 어디로 가는 건지 알 수 없는 신비로운 고양이를 따라가는 게 나는 좋다.

또, 아파트 단지에서는 고양이를 잘 볼 수 없다. 널찍한 직선 통로에는 몸을 숨길 데가 없어서일까? 고양이한테 밥을 주면 싫어하는 사람도 있으니. 구불구불한 골목길에 햇볕이 잘 들고, 게다가 할머니가 있는 곳이라면 고양이도 많지 않을까 생각한다.

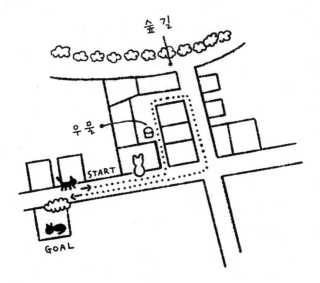

숲길

우물

START

GOAL

검은 고양이 낙서와
진짜 하얀 고양이

그러고 보니 담 아래쪽의 검은 고양이 생각이 줄곧 머리
에서 떠나지 않았다. 검은 고양이라고 표현했지만 입체
의 살아 있는 생물이 아니라 누군가가 스프레이로 그린
검은 고양이 낙서를 말하는 것이다.

그 그림은 길가의 벽돌담 아래, 오가는 사람들의 발목
높이에 그려져 있어서, 조금 떨어진 위치에서 보면 정말
로 고양이와 사람이 나란히 걷고 있는 것처럼 보인다. 담
벼락 주인에 의해 지워지지도 않고, 이 마을의 명물로서
주목받지도 않고, 기껏해야 나처럼 아래를 보고 걷는 사
람 눈에만 띌 정도이다. 거리에 녹아드는 방식이 무척 고
양이답다고 생각했다.

그 거리를 걸을 때마다, 지워지지 않고 낙서로서의 지
위를 유지하고 있는 고양이를 보면 안심이 된다. 이 거리
에는 아직 마음의 여유가 남아 있다는 뜻이다.

저녁에 그 고양이 낙서를 보러 이케부쿠로(池袋)까지
갔다. 준쿠도 서점 앞길을 지나 안경 닦는 기계가 설치된
안경 가게 모퉁이를 돌아서 잠시 걸으면 그 벽돌담이 보

아가씨, 쇼핑백 주고 가.

나 잡아봐라~

인다. 깜빡하고 지나쳐버릴까봐 엉거주춤한 자세로 느릿느릿 걸었다.

검은 고양이는 오늘도 있었다. 그림이라 움직이지는 않지만, 크기로 보나 머리, 몸, 나리의 비율로 보나 진짜 고양이 같다. 좁은 곳에서 머리를 낮추고 걸을 때의 그 긴장된 어깨까지. 그림자 같기도 하다. '여기 뭔가를 그린다면 고양이!'라고 생각한 사람, 훌륭하다. 소겐(創元) 추리문고 표지에 이런 일러스트가 있지 않았던가?

쭈그리고 앉아서 사진을 찍는데, 지나가던 여학생 둘이 "저 그림 옛날부터 있었어. 뭐지? 무슨 저주 같은 건가?"라며 얼굴을 맞대고 불길한 이야기를 한다. 아무래도 낙서이니 이러쿵저러쿵 말이 들리면 지워버릴지도 모르므로 사진만 찍고 조용히 그 자리를 떠났다.

저녁이 되자 가로등이 켜졌다. 꼬치구이 전문점, 메밀국숫집, 사누키우동 가게, 편의점이 길 양편에 나란히 서 있고, 가게마다 각각 다른 냄새가 퍼져나온다. 지금은 길고양이의 밥이 여러 집에서 퍼져나오는 시각이기도 하다.

예전부터 점찍어뒀던 월주차 전용 주차장으로 가보니

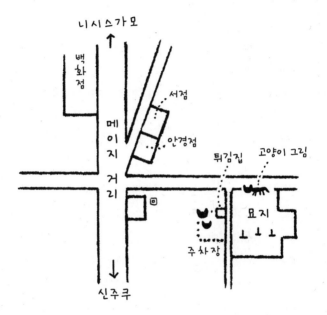

자동차 밑에 히말라얀 고양이가 엎드려 있다. 도망가지
도 않고 다가오지도 않고, 받쳐둔 돌과 타이어 사이에 끼
여 가만히 나를 쳐다본다.

나는 우호적인 분위기를 풍기면서 천천히 다가가보았
다. 가구 틈에 끼여 빠지지 않는 걸레로 착각할 만큼 더
러웠지만, 히말라얀은 히말라얀. 여태까지 본 장모종 고
양이 중에서 가장 대걸레를 닮은 것 같다.

너, 이런 데 있어도 돼? 집에 가서 털 빗겨달라고 해,
라고 마음속으로 설교를 늘어놓으며 땅에 납죽 엎드려
사진을 찍는데 뒤쪽 튀김집 아저씨가 창가에 서서 나를
보고 있다. 창피.

그 아저씨가 "여기, 여기" 하며 손가락으로 가리키는
쪽을 보니 창문 아래에 아름다운 고양이가 있었다. 하얗
고 호리호리하고 눈은 비취색에다 코끝은 엷은 핑크빛.
이야기를 들어보니 튀김집에서 돌봐주는 고양이인데 집
안에는 들이지 않아도 밥은 꼬박꼬박 준다고 한다.

"이래 보여도 새끼 고양이예요. 하얀 아이는 약하다는
데 잘 커줄까요?"라고 걱정스러운 듯 말하기에, 나는 마
음속으로 오래된 시계 노래를 불렀다(눈물이 나올 것 같았

다는 뜻).

　까마귀가 주차장 위를 몇 바퀴 크게 돌다가 전선 위에 앉는다. 거기서 고양이를 가만히 내려다보고 있다. 고양이는 까마귀를 보지 못했다. 사진 생각이 퍼뜩 나서 셔터를 누르는 순간, 까마귀는 묘지 쪽으로 날아가버렸다. 뇌의 크기는 고양이〈까마귀〈나 순서일지 몰라도, 이 삼파전의 승자는 까마귀였다.

길 잃은 고양이
꼬마 톰의 열흘간의 공백

고양이를 오랫동안 관찰하면서 내가 품어왔던 온갖 의문에 대답해준 F 부부는 집에서 고양이 두 마리, 마당에 자유롭게 드나들도록 하는 고양이 두 마리, 그 고양이의 새끼 고양이 두 마리, 총 여섯 마리에게 이름을 붙이고 잘 돌봐주고 있다.

한번은 "고양이는 죽을 때가 다 되어 몸이 약해지면 사람 눈에 띄지 않는 곳으로 간다고 하던데, 정말 자존심이 강한 동물이네요"라고 내가 경솔하게 말하니 "몸이 약해졌다는 건 무방비 상태라는 뜻이라서 자기 몸을 보호하기 위해 숨는 거랍니다"라고 부드러운 말투로 일러주었다.

그게 진실인지 아닌지는 아무도 모르지만, 고양이 바보이면서도 깔끔하게 정돈된 집에 살고 있는 이 부부의 말은 왜 그런지 무조건 옳다고 믿게 된다.

그 부부가 기르는 고양이가 어느 날 저녁 실종되었다. 입가에 점이 하나 있는 고양이, '꼬마 톰'. 동물병원에 가던 도중에 플라스틱 이동가방 문을 발로 차서 부수고 이웃인 N씨의 집 벽돌담을 뛰어넘은 후로 행방을 알 수 없게 되어버렸다. 수의사, 보건소, 경찰의 분실물 담당, 동물 보호센터, 인터넷의 길 잃은 동물 게시판에 꼬마 톰 실종 사건을 알리고 집에서 역까지 몇 번이나 왕복하며 찾았지만 어디에도 보이지 않았다.

사라진 후 7일째, F 부부가 꼬마 톰의 특징과 사진과 연락처를 기입한 전단지를 길에 붙이러 간다기에 나도 따라나섰다. 비에 젖어도 문제없게끔 비닐로 감싼 종이를 사람들의 왕래가 많은 역 앞의 번화한 길 전봇대에 붙이거나, 고양이를 좋아하는 주인이 운영하는 가게 벽에 붙여달라고 부탁하며 다녔다. 나무가 많은 길, 풀이 무성하게 자란 공터, 묘지, 폐허 등 고양이가 있을 만한 곳은 모두 찾아다니며 "꼬마 톰!"이라고 불렀다. "저기 있는 애 아니에요?"라고 물으면, F 부부는 "저 아이, 어제도 봤던 아이네"라고 한다. 벌써 안면을 튼 고양이가 생겼다. F 부부는 역시 나와 달리 고양이 보는 눈이 있다.

꼬마 톰은 아마 이날 우리가 걸어다녔던 범위 내에 있었을 것이다. 근거는 특별히 없지만 "선로 저편까지 넘어가지는 않았을 텐데……"라는 확신이 있었다.

그러나 꼬마 톰이 그늘에서 졸랑졸랑 나오는 그림은 왜 그런지 상상이 되지 않았다. '찾는다'고 해도 내가 할 수 있는 일은 기껏해야 쭈그리고 앉고, 올려다보고, 혀를 차서 소리를 내고, 고양이가 좋아할 만한 냄새를 맡고, 고양이에게 우호적인 분위기(혼내지 않을게, 얼른 나와, 라고 말하거나)를 만드는 것 정도밖에 없으니 슬프다.

게다가 그건 인간이 생각해낸 고양이와의 접점 발견 법이므로, 그 이상으로 가려면 고양이 세계와 인간 세계 사이의 경계를 넘을 수밖에 없다. 예를 들어 우리 눈에 보이지 않는 자외선을 피부의 멜라닌 색소가 정확하게 포착하는 것처럼, 만약 고양이끼리 주고받는 '고양이 전 파' 같은 것을 인간의 오감으로도 감지할 수 있다면 어떨 까? 거리를 걷는 사람들의 발소리나 자동문이 열리고 닫 히는 소리 같은 거리 곳곳의 떠들썩한 소음을 뚫고 꼬마 톰의 고양이 전파가 도달한다면 얼마나 좋을까?

이 세상의 사물들이 전부 투명하면 좋겠다고 생각했 다. 이때만큼은 꼬마 톰이 잘 보이도록, 집을 둘러싼 담 도, 외벽도, 거리에 우뚝 선 자동판매기도, 오토바이 바퀴 도, 모두 클리어파일처럼 투명하면 좋겠다고 생각했다.

꼬마 톰이 이걸 보고 자기라고 알아주면 좋을 텐데!

얌전히 있어줄게.

전단지를 붙인 후로 사흘간 총 세 건의 '봤다'는 전화
와 한 건의 메시지가 F 부부에게 도착했다. 그중 두 건은
놀랍게도 F 부부가 예전부터 '설사 개'라고 부르던 강아
지를 기르는 집에서 온 것이있다(배탈이 지주 나서 그렇게
부른다고 했다. 여윈 체형에, 고양이가 옆에 있어도 화를 내지
않는 얌전한 강아지). 어제 어떤 고양이한테 밥을 줬더니
밤에 한번 더 찾아왔더란다. 그 고양이가 어쩐지 꼬마 톰
같다면서, 또 오면 연락하겠다고…… 만약 그 고양이가
꼬마 톰이 맞다면 F 부부는 설사 개를 여태까지처럼 남
의 집 강아지로만 여길 수는 없을 것이다.

메시지는 편의점 근처에서 꼬마 톰을 봤다는 분에게 왔
는데, 목격했을 때의 상황이 자세히 적혀 있었다고 한다.

- 비에 젖어 있었고, 전단지 사진보다 조금 여위었다.
- 목걸이는 파란색이라기보다 초록색에 가까웠는데
  조금 더러웠다.
- 말을 거니 담 너머로 도망갔다.
- 담 안의 풀숲에서 이쪽을 보고 있기에 또 말을 거
  니 경계하는 듯했다.

　F 부부는 꼬마 톰이 실종된 장소와 실종 당시의 체형과 목걸이 색깔과 더러워진 정도로 보아 꼬마 톰이 틀림없다고 생각했다.

　기다리던 전화가 울렸다. "지금 여기 있어!"라는 설사 개의 주인의 연락이었다. F 부부는 고양이 가방과 끈만 들고 달려갔다. 지붕과 차양 사이에 조금 더러운 고양이가 있다!

　역시 꼬마 톰이었다. 하지만 F 부부가 사다리를 놓고 올라가니 총알처럼 지붕 위로 달려 어딘가로 사라져버렸다. 꼬마 톰은 벌써 야생에 익숙해진 걸까…… F 부부는 텅 빈 가방을 안고 돌아왔다.

　고양이는 누구인지 몰랐던 것이다. 왼쪽도 오른쪽도 구별할 수 없는 낯선 장소에 와서 밥을 얻어먹고는 있지만 잔뜩 위축되어 있던 때에 누군가가 사다리를 타고 올라오니 깜짝 놀라 '일단 도망치고 보자!'라고 생각한 게 아닐까?

　밤이 되어도 비가 그치지 않았다. 도저히 그냥 있을 수 없었던 F 부부가 다시 한번 설사 개의 집으로 갔더니, 꼬마 톰이 차고에 놓인 빈 상자 안에 들어가 울고 있었다. 늘 먹는 고양이 사료 캔을 보여주면서 30분에 걸쳐 기분을 풀어주고서야 목걸이에 끈을 묶는 데에 성공했다. 깜짝 놀라 으르렁거리며 날뛰는 걸 '여기서 놓치면 또 도망칠 거야'라는 생각에 발톱으로 마구 할퀴어도 절대 손을 놓지 않고 가까스로 가방에 밀어넣었다. 설사 개와 그 주인 분에게 감사 인사를 한 후, 꼬마 톰과 함께 무사히 집으로 돌아갔다.

열흘 만에 귀가한 꼬마 톰은 뇌가 교체되었나 싶을 만큼 F 부부의 다리에 머리를 비벼대며 애교를 떨었다. 꼬마 톰이 원래 모습으로 돌아왔다! 어떻게? 잘 모르지만, 아무튼 다행이다.

꼬마 톰이 무사히 돌아와서 다행이지만, 이웃 분들의 제보가 있기까지 꼬마 톰이 열흘간 어디에서 지냈는지는 아무도 모른다. 그동안 구석구석 안 찾아본 곳이 없을 정도인데, 한 번도 눈에 띄지 않았다는 점이 신기하다.

고양이의 행동반경은 그다지 넓지 않으므로, 그 좁은 범위 내에서 사람의 길과 고양이의 길이 서로 어긋난 것이리라. 두 개의 혹성이 각각의 궤도에서 크게 돌며 서로 스치듯 지나가는 그림이 문득 떠오른다.

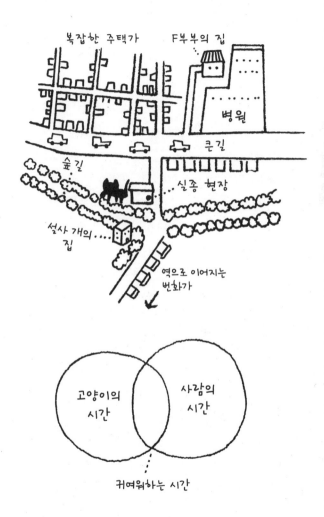

복잡한 주택가
F부부의 집
병원
큰길
숲길
실종 현장
설사 개의 집
역으로 이어지는 번화가

고양이의 시간
사람의 시간
귀여워하는 시간

고급 주택가에서
밥을 기다리는 아이를 급습!

어느 마을에 한밤중부터 새벽끼지만 문을 여는 빵집이 있다고 한다. 그곳으로 고양이들이 자주 찾아온다고…….가능하면 고양이가 빵을 얻으러 오는 장면을 보고 싶었다.

하지만 도착이 너무 일렀는지 가게 셔터문은 닫혀 있었다. 고양이를 보려면 어딘가에서 시간을 죽이며 기다리든지, 집에 갔다가 다시 나오든지, 아니면 근처에서 노숙을 하는 수밖에 없었다. 그러면 이번에야말로 수상한 사람으로 신고당하기 십상이다. 그리하여 빵집 고양이는 포기.

갑자기 할 일이 없어져서 주변을 걸어보았다. 길 폭이 넓은 마을이라, 이런 곳에 고양이가 있을 리 없다는 생각에 휴우, 하고 저절로 한숨이 나왔다. 한참 걷는데 꽃집과 메밀국숫집 사이의 폭이 1미터나 될까 말까 한 길 아래로 좁은 도랑이 흐르고 있었다. 도랑의 양옆으로는 녹색의 거북 등딱지같이 생긴 울타리가 끝없이 이어져 있다. 그 사이를 걸으니 마치 감옥 안을 산책하는 듯한 기

돌냄새 최고!

식사 후엔 바로 몸 청소.

분. 뭐지?

그 길 끝에 이르니 갈색 아기 고양이와 회색 고양이와 거북이가 있는 집 앞이 나왔다. 갈색 아기 고양이는 사람을 잘 따르는 성격인지 내가 걸으니 자꾸 따라왔다. 내가 멈춘다. 고양이도 멈춘다. 또 걸어본다. 고양이도 걷는다. 사진을 찍어주었다.

대각선으로 맞은편 집에 검은 고양이 두 마리가 밥이 오기를 기다리고 있다. 어떻게 아는가 하면, 고양이가 기다리는 건 밥밖에 없기 때문이다.

"검은 고양이 두 마리는 형제간이고, 회색 고양이가 어미예요. 갈색 고양이는 길 잃은 고양이인데, 다 같이 친하게 잘 지내죠. 우리집이랑 A씨 집(거북이 집)에서 밥을 주고 있어요" 하고 가슴이 엄청나게 큰 아주머니가 가르쳐주었다.

검은 고양이 중 한 아이는 이빨이 빠져서 "스~ 스~" 하고 울기 때문에 이름이 '스~'다. 밥을 먹을 때 "하구하구" 하는 소리를 내며 씹어서 '하구'라고 부르기도 하는 모양이다. 고양이에 관해서라면 어느 아주머니든 친숙하게 이야기를 들려주니 신기하다. 그러면 나도 안심하고 그 마을을 좋아하게 된다.

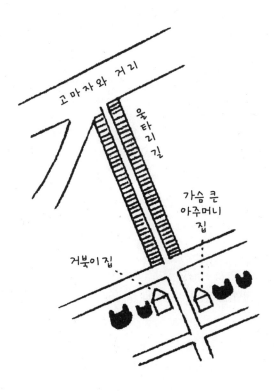

다음날에 다시 A씨 집(거북이 집)으로 가보았다. 특정한 집 앞에서 이틀 연속으로 어슬렁거리는 여자는 역시 수상쩍다.

고양이 네 마리는 오늘도 현관 앞에서 밥이 나오기를 이제나저제나 기다리고 있었다. 집 안에서 무슨 소리가 들릴 때마다 등을 꼿꼿이 세우는 것이, 밥을 향한 기대가 상당히 높아져 있다. 적당한 순간에 문이 열리고, 아주머니가 먹이를 가득 담은 냄비를 내려놓으니, 네 마리가 일제히 냄비로 달려들어 순식간에 비워버렸다. 식후에는 왜 그런지 돌냄새를 맡는다. 아주머니는 내게 "천천히 보다 가요"라는 인사를 남기고 외출했다.

고양이는 기분이 좋아지는 장소를 잘 안다고 들었는데, 정말 그런지도 모르겠다. 여기에 고양이가 있다고 생각하면 기온이 2~3도쯤 상승하는 것 같다. 처음에는 험악한 분위기를 자아내는 울타리 샛길이었는데, 지금은 따뜻한 카펫이 기다랗게 깔려 있는 길로 보인다. 손바닥을 대보니 온기는 없고 그저 차가운 땅일 뿐이지만.

샐러리맨도 무서워하는
다부진 어미 고양이

주차중인 차 아래에 어미 고양이로 보이는 호랑고양이가
한 마리 있다. 아스팔트 위에 몸을 쭉 뻗고 턱을 납작하게
붙인 채 기분 좋게 쉬는 것 같으면서도, 순간순간 눈을 번
쩍 빛내며 주위를 경계한다.

그 어미에게서 떨어지려 하지 않는 하양깜장 아기 고
양이. 주차장 저편에서 걸어와 주차 블럭을 위태롭게 넘
고 '뭐야? 뭐야?'라는 듯 다가오는 유부초밥 색깔의 아기
고양이. 달려오다가 딱 멈춰 움직이지 않는 새까만 아기
고양이. 모였다 싶으면 금세 또 여기저기로 흩어진다.

"헤아릴 수가 없어."

"저 아이는 두 번 센 것 같아."

"동체 시력은 좋은 편인데."

이곳에 대한 정보를 준 N씨, M씨와 함께 차 아래를 끈
질기게 응시했지만, 이제 날이 저물고 어두워서 아무것
도 보이지 않는다.

맞은편 집의 에어컨 실외기가 널빤지로 감싸여 있다.
처음에는 '왜 불단이 밖에 있지?'라며 몇 번이나 눈을 비

벴다. 그 어둑어둑한 분위기 속에서 기척이 느껴지기에 벌어진 틈 사이로 조심조심 들여다보는데, 고양이 한 마리가 작은 입을 최대한 벌리고 어금니를 드러내며 "끼야~옹!" 하고 소리친다. 줄무늬 고양이 한 마리, 새까만 고양이 세 마리, 하양깜장 한 마리, 총 다섯 마리의 아기 고양이를 품은 어미 고양이였다.

훔쳐봐서 미안해, 고양이라고 허락도 안 받고 카메라부터 들이대서 미안해, 라며 당장 물러나려는데, 어미 고양이가 널빤지 아래로 기어나온다. 카메라에 얼굴을 갖다 대더니(뭔가 확인하려는 걸까?) 별안간 그 자리에 주저앉는다.

정말로 한 엄마한테서 태어났는지 묻고 싶을 만큼 많은 아기 고양이들이 엄마의 부드러운 배 아래로 앞다퉈 기어들어가 젖을 빨기 시작한다. 이런 길 한복판에서, 왜 굳이 이런 곳에서, 라고 생각한 건 어릴 적 노선버스 안에서 아기에게 젖을 먹이던 여자를 본 이후로 두번째다. 그래서인지 빤히 쳐다보면 안 될 것 같았다.

어미 고양이는 아랫배를 아기들에게 점거당하여 옴짝달싹 못하는 상태인데도 옆으로 샐러리맨이 지나가자 "끼야~옹!" 하고 눈을 부라리며 위협한다. 샐러리맨

가까이 오지 마! 할퀼 거야!

그래도 너라면 괜찮아…….

은 깜짝 놀라 잠깐 비틀거리다가 빠른 걸음으로 도망쳤지만, 왜 자기가 그런 취급을 당했는지 모르겠다는 듯 몇 번이나 뒤돌아보며 걸었다. 이 고양이, 아기에게 젖을 주면서 사람에게 위협을 가하고, 한 번에 몇 가지 일이 가능하다니 멋지다! 존경심이 불뚝불뚝 솟아올랐다.

고양이 한 마리가 주위에 퍼뜨리는 은혜는 실로 크다. 아기 고양이에겐 젖을 주고, 털 속의 벼룩에겐 먹을 것(피)과 거처(피부)를 제공하고, 인간의 마음을 위로하고, 카메라맨에게 일거리를 주고, 소설가에게 영감을 주고, 발정기의 수컷이라면 울음소리로 동네 성교육을 책임지고, 팜므파탈을 꿈꾸는 여자에게 롤모델이 되어주고, 대변으로 땅에 영양분을 제공하고, 호흡으로 배출되는 수분은 상승기류를 타고 구름까지 올라가 비가 되어 내려오니 덕분에 여름이 시원해진다. 그렇다, 분명, 그러하다…… 이게 무슨 뚱딴지같은 소리냐고 누가 말할 수 있을까.

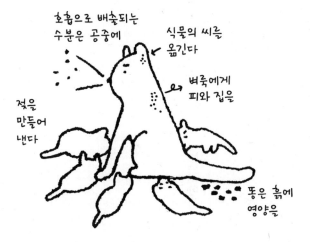

바리캉으로 깎여도
고양이는 고귀했습니다

재개발로 새로 들어선 오피스 빌딩 한쪽 구석에, 하얗고 폭신폭신한 것을 꽉 붙잡은 두 사람이 있었다.

　다가가보니 고양이를 잡고 털을 깎아주는 중이었다. 털이 바람에 살랑거릴 정도로 길고 복슬복슬하여, 눈을 가늘게 뜨고 응시하면 마치 거대한 솜먼지처럼 보이기도 했다. 아주머니가 양손으로 누르고, 아들로 보이는 사람이 바리캉을 댔다. 덥수룩한 털이 바닥에 수북하게 떨어진다.

　고양이는 '이왕 할 거라면 빨리 해'라고 말하고 싶은 듯 대담한 표정으로 두 사람에게 몸을 맡기다가도, 바리캉 날이 피부에 닿으면 싫다고 몸을 비틀며 달아나려 한다. 아들은 물릴까봐 엉덩이를 쭉 빼고 있다.

　"슬슬 짜증이 나나보네. 그만하자. 그치? 모리스"라고 아주머니가 고양이의 마음을 대변하며 아들의 손을 막았다. 모리스 군은 목과 어깨 털만 없는 볼품없는 고양이가 되어버렸다.

얌전히 있는 건 지금뿐…….

흉한 꼴을 보이고 말았다.

여름. 털 빠지는 계절이 왔다. 장모종은 특히 힘들다. 털을 매일 빗으로 빗어주는 사람도 있고, 이런 식으로 깎아주는 사람도 있다.

털을 어중간하게 깎이는 수모를 당한 모리스 군은 자신의 진지인 나무 상자로 돌아가 급히 물을 마시더니 '아~ 너무 힘들었어, 싫다, 싫어'라는 듯 그곳만 공터처럼 변해버린 피부를 열심히 핥았다.

자기 몸에서 부정한 것을 털어내겠다는 건가? 불쾌한 일을 당했다고 생각하고, 빨리 원래대로 되돌리려는 걸까? 대부분의 고양이가 그런 것 같은데, 자기 실수로 무언가에 부딪쳤을 때는 안 그러면서, 다른 사람한테 그런 일을 당하면 즉각 몸을 핥는 건 무슨 이유일까?

자기 것을 더럽힌 사람 앞에서 즉각 원상태로 되돌리려는 고양이를 보고 있으니 문득 여관 객실 담당 종업원 생각이 났다. 막힘없는 손놀림으로 객실의 상차림이나 이불을 후딱후딱 치우는 모습을 보고 있으면 왜 그런지 말을 걸기도 어렵고 거북했는데, 그때와 비슷한 기분이다. 고양이의 고상한 모습에 전율하는 걸까?

나쁜 짓 안 했는데 야단맞는 듯한 느낌…… 보고 있으

진보초 고서점가

스즈란 거리

새로 생긴 큰 빌딩
1층에 있습니다.

면 왠지 미안해지는 동물 중 최고봉이 돌고래나 고래인
데, 고양이의 경우는 그런 동포로서의 정 때문이 아니라,
일련의 몸짓으로 내 안의 숨은 기억을 끄집어냈기 때문
이다. 고양이가 지닌 그 우아한 능력에 한숨만 나온다.

"이 아이는 외국 고양이만 네 마리 키우는 집에서 데
려왔어요. 형제들은 예쁘고 재주도 많아서 상이랑 트로
피도 많이 받았는데, 이 아이는 좀 이상하다고 아무도 안
데려가는 모양이에요. 밥도 다들 먹고 나면 마지막에 먹
더라고요. 그런 좀 게으른 구석이 귀엽기도 해요."

아주머니가 불쑥 중얼거렸다. 나도 그렇게 생각한다.
고양이는 고귀하기에 게을러도 용서받는다. 보통 여자
인 내가 게으른 건 용서받지 못한다.

고양이, 대단하다. 너무 멋지다! 라고 칭찬해도 당사자
인 모리스는 지금 그럴 상황이 아닌 듯 아까부터 계속 자
기 몸만 핥는다.

'고양이 찾아주는 신사'에서
모시는 신은?

인터넷에서 '길 잃은 고양이' 사이트에 들어가봤더니 집 나간 고양이 사진이 나란히 걸려 있었다. 멋진 목줄을 단 채 점잔 빼는 회색 고양이도 있고, 고상한 부인의 품에 안겨 다리를 쭉 뺀 고양이도 있다. 찍은 게 이것밖에 없었나 싶은 사진도 몇 장 있다. 사진 속 고양이 모습이 단정하지 못할수록 주인의 애정이 더 깊게 느껴지는 건 왜일까?

사진뿐만 아니라 행방불명되었을 때의 상태, 연령, 털 색깔, 상처 부위에 대해서도 설명되어 있고, '겁이 많아서 큰 소리를 싫어합니다' '이름을 부르면 다가옵니다' '등을 쓰다듬어주면 좋아합니다' '덩치가 큰 남자를 싫어합니다' '응석꾸러기에다 겁쟁이입니다'라는 식으로 반려묘의 평소 버릇까지 적혀 있었다. 고양이를 찾아달라는 호소문 속에 주인과 반려묘 사이의 벌꿀 같은 관계성이 드러나 있어서, 무심코 그 부분만 골라 읽고는 고양이 특유의 사랑스러움을 상상하며 몸부림치다니, 내 상태가 심각하다.

그러다 '고양이 찾아주는 신사'가 어딘가에 있었다는 사실이 문득 떠올랐다. 거기 가서 참배하면 집 나간 고양이가 돌아온다는 소문 때문에 고양이를 좋아하는 사람들 사이에서는 제법 유명한 신사라고 한다.

JR 츄오(中央) 선 다치카와(立川) 역 북쪽 출구에서 버스로 15분. 쇼와 천황의 묘가 있는 공원 앞을 지나 스나가와(砂川) 4번이라고 적힌 정류장에서 내렸다. 고양이 찾아주는 신사의 진짜 이름은 '아즈사미텐(阿豆佐味天) 신사'였다. 입구 기둥문 옆에 멋진 붓글씨로 새겨진 간판을 보고 알았다.

경내로 들어가니 인기척 하나 없이 고요했다. 나무판자를 잘라서 집 형태로 만들어놓은 것에 신사에 대한 설명이 적혀 있다. 읽어보니, 원래 이곳은 순산의 신을 모시는 신사인 모양이다. 고양이에 관해서는 아무것도 쓰여 있지 않았다. 고양이 찾아주는 신사로 불린다고 해서 해태 상 대신 고양이 상이 있는 것도 아니고, '고양이를 찾아드립니다!'라는 선전 문구를 전면에 내세운 것도 아닌, 적당히 고즈넉한 신사였다.

소원을 적는 나무판 중에 포도 모양으로 생긴 게 있었

배가 꽤 큰 고양이.

신사 주변은 밭이다.

다. 하나하나 뒤집어보니 순산 기원, 가내 평안, 대입 합
격과 같은 소원에 섞여 '쵸로, 얼른 집으로 돌아와! 가족
모두가 기다리고 있어! ○○ 집 대표, 다케시' '우리 미탕
이가 빨리 집으로 돌아올 수 있기를. 무사히 지내고 있기
를. ○○○코'라고 적힌 것도 몇 개나 있었다. 날짜를 보
니, 딱 2개월 전. 안타까워진다.

"실례합니다" 하고 사무소 앞에서 크게 소리를 질러보
았다. 남자가 나왔다. 회색 작업복. 방석에 단정히 앉으니
새하얀 버선이 보였다. 이 사람, 제사를 맡는 신관일까?

"여기가 고양이 찾아주는 신사로 세상에 알려지게 된
건 언제부터인가요?"라고 물어보았다.

"최근이에요. 재즈 피아니스트 야마시타 요스케 씨가
이 근방에 살고 계시는데, 이곳에 오셔서 집 나간 고양이
가 돌아오게 해달라고 빌었더니 다음날 왔더랍니다."

"고양이가 행방불명된 기간은 어느 정도였나요?"

"17일간이었다고 해요. 야마시타 씨가 책을 쓰면서 그
일을 언급해주신 덕분에 그후로 많은 분들이 찾아주십
니다."

"원래는 아니었나요?"

"여긴 옛날부터 누에 신을 모셔왔던 신사예요. 이 부근

어서
와~

에 누에 기르는 농가가 많이 있거든요. 고양이가 누에를
쥐로부터 보호해주는 수호신이라고 생각하면, 전혀 관
계없다고도 할 수 없겠네요."

누에와 쥐 이야기, 그리고 야마시타 요스케 씨의 체험
이 연결되어 고양이 찾아주는 신사라는 별명까지 붙을
정도로 유명해지다니. 전설이나 신은 어쩌면 이런 식으
로 만들어지는지도 모른다.

"고양이가 돌아온 후의 이야기는 가끔 들으시나요? 행
방불명된 동안 어디에 있었는지 알게 되었다든지, 뭐 그
런 이야기……."

"감사 편지는 종종 받습니다. 그동안 고양이가 어디 갔
었는지는 주인 분도 모르는 모양이에요."

세상에는 고양이 말고도 행방불명되는 것이 무수히
많은데 왜 유독 고양이라면 신사까지 만들어지는 걸까?
고양이는 아무 말도 하지 않는데 인간은 끊임없이 머리
를 짜내어 생각할 수 있는 모든 대책을 내놓는다.

마네키네코* 리뉴얼을
위한 여행

고토쿠지(豪德寺)는 도쿄 세타가야(世田谷) 구에 있는 사찰이다. 에도시대에는 무척 가난한 사찰이었는데, 이곳에서 지내던 고양이가 폭풍우에 발이 묶인 사무라이 이이 나오타카(井伊直孝) 일행을 절로 맞아들인 후 발전했다고 한다. 인정머리 없고 제멋대로인데다 쌀쌀맞다는 고양이가 어떻게 그런 착한 일을 했을까? 고토쿠지에서 받은 설명서에는 유복하지 않은 사찰에 신세만 지니 미안해서 고양이가 은혜를 갚은 거라고 적혀 있었다.

이이 나오타카와 함께 가난한 사찰까지 구한 고양이는 전혀 고양이답지 않게 친절했지만, 들어오라고 손짓하는 고양이를 알아본 사무라이도 대단하다. 오색 사슴이나 하얀 비둘기, 시계를 든 토끼 같은 동물을 따라가다가 신기한 일을 당했다는 이야기가 있는데, 일단 그 동물

• 마네키네코(招き猫): 앞발로 사람을 부르는 형태를 한 고양이 인형. 손님이 많이 들어오길 바라는 뜻으로 가게 앞에 장식해둔다. ―옮긴이

의 행동을 눈여겨보지 않으면 아무 일도 일어나지 않는다. 여러분도 거리를 걷다가 동물과 눈이 마주치면 무슨 말을 하려는 건지 한번 귀를 기울여보시라.

그런 엄숙한 마음으로 구매한 고토쿠지의 마네키네코를 그날 밤 실수로 현관 신발장 위에서 떨어뜨리고 말았다. 마네키네코의 오른발이 산산조각 나서 사방으로 흩어지고 몸통은 신발 안으로 쏙 들어갔는데, 꺼내보니 왠지 얼굴만 멀쩡하다. 깨진 틈으로 고양이 몸통 속을 들여다보니 안이 뻥 뚫려 있다. 그 구멍과 함께 불행의 파도가 나를 덮치는 바람에……(불행의 파도라고 해도 잔물결에 지나지 않기에 내용은 생략).

마네키네코가 깨진 것에 대해 복수할 기회를 주기라도 하려는 듯 바로 그날 친구가 아사쿠사(浅草) 센소지(浅草寺) 반대쪽에 있는 이마도(今戸) 신사에 가보자고 제안했다. 일설에 의하면 마네키네코의 발상지라는 신사이다.

예보와 달리 이날 큰비가 내렸다. 분홍색 페인트가 벗겨지기 시작한 용궁처럼 생긴 건물에 이르자, 사교댄스 파트너로 삼기에 딱 좋을 크기와 손 모양을 한 거대한 두 마리의 마네키네코가 좌우로 모셔져 있는 게 보였다. 나

하나야시키? 한 번 가본 적 있어.

졸릴 때뿐만 아니라 곤란할 때도 하품해요.

는 그 앞에서 소원을 있는 대로 빌었다.

사무소에는 햇빛에 비추면 신의 형상이 보인다는 거울이랑 부적, 길흉을 점치는 제비, 칠복신 중 하나인 후쿠로쿠쥬(福禄寿) 장식품 등이 붙은 쌍둥이 마네키네코가 화려하게 장식되어 있었다. 마네키네코는 작은 것이 3천 엔이나 한다.

소재가 고토쿠지에서 산 것과 비슷하여 왠지 불길하다! '만약 이것도 깨지면 불행이 두 배가 될 거야'라는 생각에 점점 불안해졌지만, '스스로 불행을 부르면 어떻게 하냐!'며 기력과 지갑을 짜내어 과감히 구입했다.

발길을 돌려 센소지 쪽으로 가본다. 일부러 멀리 돌아 뒷골목을 걷다가 어느 공방 앞을 지나는데, 그 안에서 한 아주머니가 우연히도 조금 전에 산 마네키네코와 똑같은 고양이에게 눈을 그려넣고 있었다. 손에 붓을 든 아주머니가 혼자 잔뜩 숨을 죽인 채 열심히 그리고 있다. 그 뒷모습이 '인형은 얼굴이 생명이에요……'라고 말하는 듯하다. 3천 엔이 비싼 게 아니었다. 괜스레 미안해진다.

영험한 마네키네코의 배후에 아주머니의 노력이 있었다는 사실을 알게 된 건 꽤 큰 수확이었다. 신비감은 사라졌지만 그 덕분에 불행의 잔물결 따위 날려버리고 다

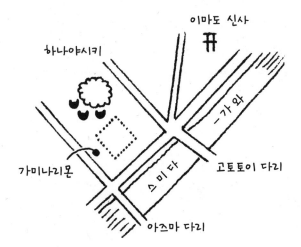

하나야시키

이마도 신사
卉

ー가 와

가미나리몬

스미다

고토토이 다리

아즈마 다리

시 현실로 돌아올 수 있었다. 다행이다.

가미나리몬(雷門) 앞을 보니 세계 각국에서 온 관광객들이 빗속에서 기념사진을 찍고 있었다. 내가 문 아래에서 비를 피하는 비둘기를 가만히 관찰하자, 그들도 뭔가 신기한 게 있나 싶어 구경하러 온다. 어느 나라 사람일까? 이 사람들 중에 '오오, 비둘기 맛있겠다'라고 생각하는 사람이 있을까? 관광지에 사는 동물은 힘들겠다.

서민 마을 묘지에서
고양이 G7을 목격

한여름의 어느 햇빛 쨍쨍 내리쬐는 날, 고양이를 찾아 절 안의 묘지 쪽으로 가보았다. 사찰이라면 마을의 정보가 모이는 곳이기도 하므로, 어디에 가면 고양이를 볼 수 있는지 물으면 가르쳐줄 것 같기도 했다.

넓은 묘지 안에 홀로 서 있는데 한낮의 아지랑이 저편에서 한 아저씨가 자전거를 타고 어슬렁어슬렁 다가오는 게 보였다. 내가 고양이를 찾으러 왔다고 하자, 자신을 승려라고 소개한 아저씨가 당장 반대 의견을 내세운다.

"이런 대낮에 고양이가 보일 리 있겠어?"

"알지만 그냥 와봤어요."

"그럼 고양이를 정말 좋아하는 게 아니네."

확확 달아오르는 더위 탓인지 말투가 서로 험악해졌지만, 찌는 듯한 태양 아래에 서서 고양이 이야기를 하는 사람이라면 조금 별나긴 해도 나쁜 사람은 아닐 터였다.

"고양이에 대해 잘 아시나요?"라고 물으니 "낮에도 고양이를 볼 수 있는 곳으로 데려다주지"라며 골목길로 안내한다. 둘이서 담과 담 사이의 좁은 틈을 들여다보며 여기저기 다녔다. 도중에 공짜로 물을 마실 수 있는 우물과 공짜로 쉴 수 있는 마을회관 로비도 가르쳐주었다. 자칭 승려인 이 아저씨 덕분에 마을 구석구석까지 다 파악했다.

늦은 시각까지 안내를 받아 죄송스러운 마음에 커피숍 르누아르에서 파인애플 주스를 대접했다. 성함을 물으니 "이름은 됐어……"라며 가르쳐주려 하지 않았다. 가게를 나와 작별 인사를 나누자마자 아저씨는 눈 깜짝할 사이에 자전거를 타고 절 쪽으로 사라졌다. 나는 묘지로 다시 돌아가 고양이를 찾아보았다. 묘비 위에 한 마리, 문짝 뒤에 한 마리, 층계 아래에 한 마리가 있었다. 그때 수첩에 기록해둔 것을 아래에 적어본다.

'묘지에 너도 왔구나.'

고양이는 자기가 세계를 지배하는 지구상에서 가장 대단한 생물이라고 생각한다. 인간이 고양이를 기르다니, 당치도 않은 말이다! 고양이는 인간을 위해 길러지는 척하고 있을 뿐이다. 세상의 지배자인 고양이도 때로는 고양이끼리만 모여 휴식을 취할 시간이 필요하다. 쉬면서 고양이 제왕학에 대해 토론도 하고……. 그러니 사람들 눈에 띄고 싶지 않은 것이다.

지금이 쉴 수 있는 시간.

이런 짓도 한다오.

'인사는 이 정도로 하고, 그만 가자.'

고양이가 묘지로 모이는 이유는 '기복이 심한 땅이기 때문'이라고 한다. 스님이 말하기를, 옛날에는 절에 보관된 보물을 쥐가 갉아먹을까봐 고양이를 길렀는데, 오히려 고양이가 보물에 관심을 가지면 큰일이고, 사찰의 굵은 기둥은 발톱을 뾰족하게 갈기에 안성맞춤이라, 쥐를 쫓아내주는 건 좋지만 과연 보물과 기둥이 무사할지 모르겠다고……. 그런 이야기를 나누는 와중에도 고양이는 칸막이 돌 위에서 기분 좋게 하품을 했다. "아~ 아, 절이란 참 좋은 곳."

'여기는 우리만의 장소.'

고양이는 인간의 체온으로 침대가 데워지기를 기다렸다가 이때다! 하면서 담요 안으로 쏙 기어들어가는 걸 좋아하는데, 같이 자자고 억지로 끌어들이면 엄청 싫어한다. 게다가 자는 척하면서 귀를 삼각형으로 세워 정보 수집을 하다가 인간의 움직임이 포착되면 움찔한다. 고양이는 인간을 조종해야 하는 몸이니, 정말로 잠드는 건 고양이끼리만 모였을 때가 아닐까?

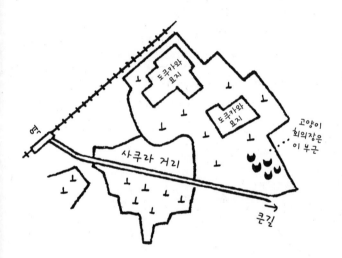

'나 따라와.'

돌 옆에 붙어서 푹 가라앉은 듯 잠들어 있던 두 마리
가 갑자기 나타난 검은 고양이 뒤를 홀쩍 따라간다. 방금
까지 자고 있었으면서 줄곧 깨어 있었다는 듯 당당한 태
도. 이처럼 조금 전까지 자기가 뭘 하고 있었는지도 까맣
게 잊어버리는 것이 고양이라는 생물의 특징이다. 그러
면 인간은 '하하, 바보같이……'라며 더 귀여워해주고 싶
어진다. '맞아요, 고양이는 인간의 마음을 꽉 움켜잡아야
먹고살 수 있으니까. 이런 고양이의 모습을 흉내내는 여
자 사람도 많은데 뭐. 드디어 인간이 고양이의 지혜를 배
우기 시작했구나.' 나는 마음속으로 이렇게 중얼거렸다.

'죽은 거 아니야.'

이날 고양이의 제왕학 회의는 귀와 머리 뒷부분을 땅
에 비비는 자세를 서로 보여주는 것으로 마무리되었다.
인간계의 G7보다 대단한 세계의 지배자들은 역시 우아
했다. 묘비 그늘 여기저기로 고양이들이 사라지고, 시원
한 저녁 무렵에 시작된 회의는 어느새 끝나 있었다.

그건 그렇고 그 아저씨, 정말로 스님일까?

외딴섬의 사냥 현장을
실황중계

하치조지마(八丈島)는 하네다(羽田) 공항에서 비행기로
45분 거리에 있다. 도심에서도 쉽게 볼 수 있는 온대 식물
과 남국의 식물이 함께 자라는, 아열대성 기후를 띠는 섬
이다.

그런 외딴섬의 기념품 가게 안뜰에서 하얀 고양이가
들새를 노리고 있다. 고양이의 이름은 치비. 이 가게에서
기르는 고양이라고 한다.

치비의 영토인 안뜰에 내려선 들새. 다리가 단풍색이
었다. 치비가 그 모습을 미묘한 거리에서 가만히 지켜
본다. 이곳은 하치조지마가 '동양의 하와이'라고 불렸던
1970년에 세워진 건물이다. 안쪽 레스토랑의 한쪽 구석
에 고무나무 화분이 놓여 있다. 어릴 적 소아과 대기실이
나 백화점 식당에 가면 늘 눈에 띄었던 관엽식물이다.

어느 백화점 식당에서 엄마가 "뭐 먹고 싶어?"라고 묻
는데 뭘 골라야 할지 몰랐던 때처럼 두근거림과 망설임
이 섞인 흥분감이 나를 감쌌다.

그러나 여기는 하치조지마. 레스토랑에 손님은 나밖

에 없고 주위는 고요했다.

흥분을 가라앉히고 정원을 본다. 치비와 들새 사이의 거리는 어른 보폭으로 다섯 걸음밖에 되지 않았다. 새야, 조심해! 움직이면 안 돼! 고양이란 동물은 무턱대고 덤벼들지 않고 사냥감의 움직임에 맞춰 살금살금 다가가다가 갑자기 덮친단다.

들새가 얼어붙어 있다. 나무 인형인 척하는 걸까? 들새가 자기 처지를 알고나 있을지 내가 이렇게 마음을 졸이는 것도 다 쓸데없는 걱정이리라. 고양이와 인간의 마음은 비슷해도, 새는 전혀 다른 차원일 것 같다. 치비는 아직 전투태세에 들어가지 않고 상황만 살핀다.

나는 점점 더 애가 탔다. 고양이는 사냥감을 노릴 때 '계획 → 관찰 → 행동'이라는 과정을 거친다고 고양이 책에 적혀 있었는데, 추가로 '관심 없는 척한다'도 넣어야 할 것 같다. 부모님 집에서 기르는 고양이에게 쪄서 말린 물고기를 줬을 때 보였던 태도가 딱 그랬다. 사실은 먹고 싶으면서 고개를 획 돌리곤 했다. 고양이 특유의 행동일까? 벌레나 조개나 새우는 안 그럴까?

아 참. 치비와 들새, 어떻게 됐지?

무슨 일이 생길 듯한 예감이 드는 건물.

우뚝…….

하치조지마

도쿄

이누지마

미야케지마

하치조지마

아오가시마

하치조후지

고우노 항

하치조지마 공항

미하라 산

야에네 항

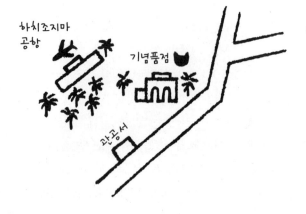

하치조지마
공항

기념품점

관공서

치비는 가게 아주머니를 따라 어딘가로 가버렸고, 들
새는 여전히 얼어붙은 채로 있다. 무슨 일이 일어날 줄
알았는데 아무 일도 일어나지 않았다. '고양이가 새를 잡
아먹길 기대하다니, 잔인해!'라고는 생각하지 마시길. 두
생물 사이의 거리와 치비의 자세로 보아, 처음부터 아무
일 없을 줄 알고 있었답니다.

시노바즈 연못에서 펼쳐진
고양이와 쥐와 나의 심리전

일요일 늦은 오후. 이 시간대만 되면 내 신체의 혈당치, 혈압, 맥박, 호흡수가 모두 낮아지면서 이 세상의 끝으로 바짝 다가간 듯한 기분에 빠지고 만다.

왠지 북적이는 장소에 있고 싶어서 아메요코(アメ横, 도쿄에서 가장 큰 규모의 재래시장—옮긴이)를 지나 우에노 시노바즈(不忍) 연못으로 가보았다. 동물원은 오후 다섯시 폐장이다. 회전하는 문이 줄줄이 토해내는 가족과 커플들. 이 사람들도 분명 '내일부터 또 일해야 하네'라며 처진 기분을 달래야겠지. 저녁식사를 밖에서 해결하고 집으로 돌아가 텔레비전이나 보다가 이불을 깔고 잤다 일어나면 또 다음 휴일을 기다리며 일주일간 일해야한다. 할 수만 있다면 저물어가는 저녁 해를 손으로 잡아끌어올리고 싶다. 모두 같은 생각을 하고 있지 않을까?

연못 주위로 옥수수, 오징어구이, 다양한 모양의 엿, 초콜릿 바나나, 오사카야키, 사과 사탕을 파는 포장마차가 늘어서서 달콤한 냄새와 짭짤한 냄새를 교대로 날리며 코를 자극한다. 술과 어묵을 파는 포장마차에서는 〈도

쿄 방랑자〉라는 노래가 큰소리로 흘러나왔다. 연못 주변
에 몇 가지 가재도구를 제각각 쌓아올려 집을 만들어둔
노숙자들이 검붉은 얼굴로 술잔치를 벌이고 있다. 진짜
도쿄 방랑자들이었다.

태양이 천천히 저녁 색깔로 바뀌는 동안 백조 보트도
마지막 한 척까지 물가로 돌아왔다. 조금 전까지 떼 지어
모인 새들한테 둘러싸여 연못 한가운데에서 옴짝달싹
못한 배이다. 바람이 차가워지니 새들에게 먹이를 던져
주던 사람들도 돌아간다.

식수대 구멍에서 졸졸 새어나오는 물을 가만히 바라
보는 검은 고양이가 있었다. 다가가면 경계하는데 도망
가지는 않는다. 그 주변을 보니 매점 뒷문에 샴 고양이가
한 마리, 정원수 아래에 또 한 마리의 검은 고양이가 웅
크리고 있었다. 고양이가 왜 이렇게 안 보이나 싶다가도
일단 한 마리가 발견되면 그 다음엔 사진이 서서히 인화
되듯 슬금슬금 눈에 보인다. 왜 그런지 항상 그렇다.

내가 있으면 고양이가 마음놓고 움직일 수 없을 것 같
아서 연못 주변을 한참 어슬렁거리다가 다시 와보았다.
예상대로 세 마리가 한곳에 모여 있었다. 깜박깜박 눈을
깜빡이며 다가가니 서로 몸을 붙이고 가만히 있다. 별로

동요하는 것 같지는 않다. 깜장, 하양, 깜장이 예뻐서 사진에 얼른 담았다.

샴, 여기 있다가 누가 데리고 가면 어떡해? 늘 여기 나와서 노니? 만지고 싶다. 안고 싶다. 하시만 만시면 큰일 난다. 밖에서 생활하는 고양이의 털 안에는 벼룩이 있어서, 예전에 멋모르고 만졌다가 다른 아이에게 옮긴 적이 있다.

한 아주머니가 "어머, 샴" 하고 멈춰 선다.

"우리 샴은 검은 고양이만 낳았거든요. 안 되겠다 싶어서 얼마 전 새끼를 뺐을 때 말했죠. 이번에는 꼭 너처럼 하얀 고양이를 낳아달라고. 그랬더니 새끼 네 마리가 다 샴 색깔이지 뭐예요. 그런데 한 마리는 한쪽 눈이 없어서……."

새끼가 태어나면 그중 한 마리는 꼭 몸집이 작거나 약하거나 하단다.

바스락바스락 소리를 내며 한 아저씨가 다가왔다. 슈퍼마켓 봉투에서 고양이 먹이를 한 줌 꺼내더니 정원수 옆에 홀홀 뿌리고 곧 그 자리를 떠난다. 고양이들은 '잘 먹겠습니다, 감사해요'라고 속으로 인사하고 먹이를 콧숨으로 흩뜨리면서 다 먹어치웠다. 돌까지 핥아가며.

종류가 다른데 어떻게 사이좋게 지낼 수 있는지
우리도 몰라요.

사냥에 성공하면 나눠줄게.

검은 고양이 하나가 연못가의 울타리를 넘어가더니 가만히 서서 새를 바라본다. 한 커플이 지나가면서 "새를 덮치려나봐" "설마…… 아닐 거야"라고 한다. 그런데 나머지 두 마리는……? 돌아보니 어느새 사라지고 없다.

새를 보던 고양이가 갑자기 고개를 쑥 내밀고 엉덩이를 흔들어대더니, 조용하지만 빠른 속도로 뭔가를 쫓아간다. 궁금해서 울타리를 넘어가보니 물속에서 쥐가 헤엄치고 있었다. 고양이는 손을 뻗어도 수면에 닿지 않아 인내심이 허락하는 데까지 쥐를 바라만 보다가, 문득 정신이 든 듯 자기 몸을 핥더니 조용히 수풀 속으로 기어들어갔다.

고양이 세 마리가 모두 사라졌으니 나도 그만 돌아가기로 한다. 추운 날씨에 꽤 오랫동안 연못 주위에 머물렀건만 고양이와의 밀회는 눈 깜짝할 사이에 끝나버렸다. 나는 돌아가지만 고양이는 연못 주변 어딘가에 있을 것이다. 밤이 되어도 고양이는 계속 논다.

시노바즈 연못

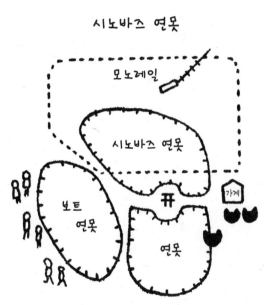

고양이 스토커
비밀의 앨범

Q섬. 내 거실로 놀러오세요.

가마쿠라(鎌倉)에 있는 절. 남자를 기다린다.

긴자(銀座)의 무슨무슨 상점가. 아주 긴 수염.

유흥가 뒷골목. 떨어져 있는 건 우동.

채플린.

죠가시마.
낚시꾼의 동향을 감시하는 고양이.

단골 미용실.
울타리의 구멍은 나를 위한 것.

고양이 기근에
마음은 흔들리고……

고양이 스토킹을 하면서 깨달은 점이 있다면, 우리집 주
변은 어쩌면 고양이 불모지일지도 모른다는 사실.

　동네에 사는 고양이 뒤를 밟아보고 싶어도 좀처럼 눈
에 띄지 않으니 고양이가 있을 만한 장소를 물어물어 멀
리 찾으러 나가야 하는 경우가 많다. 하지만 어차피 고양
이란 먼 곳까지 일부러 찾아가서 봬야 하는 동물이 아니
었던가?

　나의 본업은 일러스트레이터이다. "평범한 가족이 거
실에서 편안하게 쉬고 있는 장면을 그려주세요"라는 부
탁을 받으면 왠지 고양이 한 마리를 곁들이게 된다. 고양
이야말로 인간의 일상에 가장 친숙하게 어울리는 지극
히 평범한 동물이라고 생각하기 때문이다.

　하지만 인간 이외의 생물은 이웃 주민과의 사이에서
문제의 씨앗이 되기도 하지 않는가? 그런 이유로 특히
도시에선 자손을 번창시키고 싶어도 뜻대로 안 되는 경
우가 많다. 이대로 가다간 고양이가 언젠가는 천연기념

물이 되어버릴지도!

그러면 고양이가 걷는 모습만 봐도 감사한 마음이 샘솟을까? 밖에서 마주치는 것만으로 고마워하게 될까? 소박했던 근처 라면집이 어느 순간 유명세를 타서 한 그릇 1,200엔으로 오르면 오히려 더 감사하는 마음으로 먹게 되는 심리와도 비슷한 것 같다.

고양이 기근이 계속 이어지던 어느 날, 우표에 침을 묻히며 우체국을 향해 서둘러 걷고 있었다. 그때 희귀한 털 색깔의 고양이가 어슬렁거리며 대범하게 걷는 장면을 목격했다. 밀크티처럼 은은한 색깔의 세련된 자태. '이건 잡종이 아니다!'라고 한눈에 알아봤을 만큼 우아한 고양이였다.

무엇에도 관심 없는 척 걷다가 문득 멈춰 서서 건물 기둥에 턱을 비비기도 하고, 풀을 건드리다가 그 풀의 숨통을 끊어버리려는 듯 씹어대기도 한다. 너무나 고양이다운 그 몸짓에 '이 고양이는 자기가 비싼 몸이라는 사실을 모르는구나. 어쩔 수 없는 짐승이군' 하고 안심한다. 그런데 이런 비싸 보이는 고양이가 밖에서 홀로 어슬렁거리다니, 도대체 어찌 된 일이지!?

너, 고양이 사냥꾼 눈에 띄면 멀리 팔려갈지도 몰라.

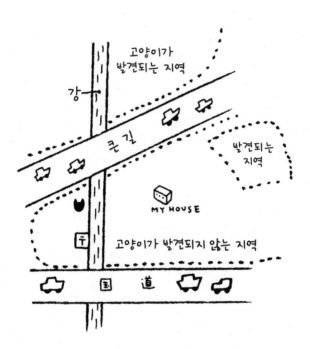

그만큼 특상품이거든! 자기 가치를 너무 모르는 이 아이
가 안쓰러웠다.

비싼 고양이가 마침내 한곳에 자리를 잡고 주저앉더니
한쪽 발을 높이 치켜들고 몸을 기울여 자기 똥구멍을 청
소한다. 아아, 목줄이 저렇게 꽉 조이는데. 아프지 않니?

"풀어줄까?"라고 속삭이며 고양이와의 거리를 좁히
는데 건물에서 한 여성이 나온다. 고양이는 그녀를 따라
가버렸다. 큰일 날 뻔……. 고양이 도둑으로 몰릴 뻔했
다…….

고양이는 원래 마을 곳곳을 누비는 동물이라지만 저
렇게 비싸 보이는 고양이가 혼자 다니면 왜 그런지 마음
이 흔들린다. 갖고 싶어지는 것이다. 부탁이에요, 꼭꼭 숨
겨주세요.

어느 수고양이의
생태 분석

예전에 '도둑은 형사에게 고양이 같은 존재'라고 생각한 적이 있다. 텔레비전 토크쇼를 보다가 "도둑을 체포하는 비결은 도둑의 습성을 잘 파악하는 거죠"라는 형사 출신 출연자의 명언을 듣고 고양이랑 비슷하다고 느꼈기 때문이다.

'습성'이란 '행동의 반복'이라고 바꾸어 말할 수 있다. 그걸 안다면 고양이 같은 동물과도 마음을 나누기 어렵지 않으리라. '고양이는 변덕스러운 동물'이라고들 하는데 꼭 그렇지만은 않다. 변덕스러운 것 같은 행동도 자세히 관찰하면 규칙성이 보인다. '변덕스러움도 고양이의 행동 규범 중 하나'라는 경지에 이르면 더이상 골탕 먹는일도 없을 것이다.

집안에서만 기르는 수고양이 톳도(잡종)는 아래 행동을 1년 365일 반복한다.

- 아침에 인간이 일어날 때까지 지켜보고 있다. 기다려도 안 일어나면 인간이 자고 있는 이불 위로 올

라간다(일어나라는 무언의 항의).

↓

- 그래도 안 일어나면 높은 곳으로 올라가 물건을 떨어뜨린다. 그러면 일어난다는 걸 안다. 고양이는 지혜로운 동물(행동A).

↓

- 인간 기상. 사람을 깨워놓고 자기도 방금 일어난 척 기지개를 켠다. 화장실에 가는 인간을 졸졸 따라가 끝까지 지켜본다.

↓

- 고양이, 밥을 얻어먹다. 식후에는 털을 고르느라 바쁘다. 욕구가 채워졌으니 인간 따위 안중에 없다.

↓

- 이상의 일을 끝낸 후 자기 자리로 돌아가서 잔다.

↓

- 낮 동안 계속 잔다.

↓

- 저녁이 되면 놀아달라고 조른다. 인간이 응하지 않으면 행동A를 반복한다.

↓

- 인간이 저녁식사 준비를 시작하면 고양이도 따라서 자기 그릇 주위를 어슬렁거린다. 부엌에서 일하는 인간 흉내를 내며 자기 화장실 모래를 휘젓는 등 뭔가 작업을 돕는 듯한 행동을 한다. 인간에게 동조하고 싶어하는 마음이 엿보인다. 이 행동은 아침에도 볼 수 있다.

↓

- 고양이, 밥을 얻어먹다.

↓

- 식후, 고양이와 인간에게 각각 자유시간이 주어진다.

↓

- 인간이 침대에 들어가 불을 끄면 고양이도 자기 자리로 가서 잔다.

너무나 고양이다운 하루인데, 이중 얼핏 귀찮게 느껴지는 고양이의 행동도 잘만 이용하면 함께 지내는 기쁨을 더 크게 누릴 수 있다.

만약 고양이가 당신의 배 위에 올라타는 게 좋다면 계속 자는 척하여 고양이를 유혹하는 것이다. 오늘은 어디로 올라가서 무엇을 떨어뜨릴지 기대되지 않는가? 어제

와는 다른 의외의 물건이 떨어지면 '저런 꾀를 부릴 줄 알다니 정말 영리하네!'라며 자기 반려묘의 지혜에 감탄하게 되리라.

고양이의 이런 행동 패턴의 근저에는 '밥 줘'라는 요구가 깔려 있다. 표면적인 행동 양식은 다르지만, 도둑이든, 배고픈 아이든, 애인이든, 강아지든 다 같지 않을까?

먹을 것이 필요한 생물은 스스로 먹이를 얻기 쉬운 외모로 가꾸고 적절한 행동을 취하여 얻을 것을 얻으며 살아간다. 그래서 고양이는 무조건 귀여운 것이고, 도둑은 잡히지 않도록 눈에 띄지 않는 복장을 하는 것이고, 숨겨둔 애인은…… 뭐, 말할 것도 없다.

그런 점에서는 어떤 생물이든 고양이와 다르지 않다. 고양이 같은 여자가 되고 싶다면 고양이뿐만 아니라 다른 동물의 습성도 배워두는 편이 좋다.

"내 여자친구는 차에 과자만 있으면 금세 찾아내서 먹어버려. 닛코(日光) 같은 데서 먹이 달라고 깩깩거리는 원숭이 같아. 귀여워"라는 말도 한 번쯤 들어볼 만하지 않는가?

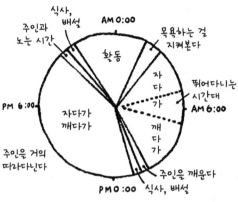

어느 반려묘의 하루

식사, 배설

주인과 노는 시간

목욕하는 걸 지켜본다

AM 0:00

활동

자다가

뛰어다니는 시간대

AM 6:00

PM 6:00

자다가 깨다가

깨다가

주인을 거의 따라다닌다

주인을 깨운다

PM 0:00 식사, 배설

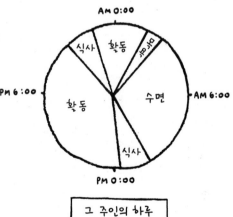

AM 0:00

식사   활동   목욕

PM 6:00

활동   수면   AM 6:00

식사

PM 0:00

그 주인의 하루

새 마을에서 만난
트리플네임 고양이

이사를 하여 새 마을에 둥지를 틀었다. 새 마을이라고 해도 여태까지 살았던 아파트에서 신호등 두 개만 건너면 되는 곳. 거리로 보면 멀리 이동한 것도 아닌데 일상적으로 이용하는 전철역, 우체국, 슈퍼마켓이 모두 바뀌어버렸다.

고작 그것만으로 굉장히 낯선 마을에 와버린 기분이다. 고생하여 겨우 찾은 집이고 익숙한 내 물건들로 둘러싸여 있는데도 마치 남의 집에서 신세 지고 있는 듯한 밤이 매일같이 나를 기다렸다. 화장실에 들어가 있을 때도 갓 칠한 페인트 냄새나 어색한 바닥재 무늬 때문에 서먹서먹하다. 친구가 "화장실도 부엌도 마음대로 사용해도 돼"라는 말을 남기고 출근한 후 나 혼자 오도카니 집을 지킨 그날처럼.

새 아파트 창에 서면 숲으로 둘러싸인 저택이 보인다. 해가 지면 숲 쪽에서 "냐오옹, 냐오옹" 하는 소리가 희미하게 들린다.

그 저택에 고양이가 있다는 사실을 나는 이사하기 전

부터 알고 있었다. 딱 열번째로 이 집을 소개받고 부동산 업체의 안내로 보러 와 이 저택 앞을 지날 때 알았다. 자전거 거치대 근처에 물이 든 사발과 밥이 담긴 접시와 고양이에게 뜯겨 너덜너덜해진 헝겊이 여기저기 널려 있었고, 안쪽에 쌓인 골판지 상자 위에 하얗고 큰 고양이가 버티고 앉아 가만히 이쪽을 보고 있었다. 벽에 '자연 보호!'라고 적힌 멋진 간판도 걸려 있었다. 이 저택에 사는 고양이라면 여간해선 밖으로 나돌지 않을 듯했다.

"이 저택에 사는 분들은 고양이를 참 좋아해요."

기묘하다고 생각할지 모르지만, 바로 이 점이 '내가 살 장소는 여기다'라고 결정한 이유이다.

아침저녁으로 베란다에 서서 그 자전거 거치대를 바라보는 것이 일과가 되었다. 저녁이 되어 안주인으로 보이는 아주머니가 밥을 주러 나오면, 고양이는 벌떡 일어나 그녀의 다리에 엉겨붙는다. 흥분으로 빨라진 고양이의 심장 소리가 들리는 듯하다.

'이야기를 들으려면 바로 지금이다!'라는 판단하에 현관 밖으로 뛰쳐나가 고양이 밥 주는 현장으로 달렸다. 근처까지 가서 호흡을 가다듬은 후 차분한 목소리로 "댁에서 기르는 고양이인가요?"라고 물으니, 세 마리를 기르는데 이름이 '하양' '호랑이' '양말'이라고 소탈하게 대답해주었다.

'양말'은 검은 고양이인데 다리 아래쪽 반이 양말을 신은 것처럼 하얗다. 성격이 난폭하여 호랑이를 늘 못살게 군다고 한다. "게다가 괴롭히는 방법이 지능적이에요. 상냥하게 '놀자~'라고 유혹해서 구석에 몰아넣고 괴롭히더라고요."라고 부인이 말했다.

그런데 다른 아주머니는 양말을 '채플린'이라 불렀다. 바지 자락 밑으로 하얀 양말이 보이는 채플린을 닮았다고. 그건 혹시 마이클 잭슨 아닌가 싶었지만 내 기억도 확실하지 않으니 그냥 수긍했다.

이사 후 한 달이 지나면서 이 부근에는 고양이가 비교적 많다는 사실을 알게 되었다. 건물 뒤편에서 뭔가를 기다리는 고양이도 보이고, 차고에서 팥빵처럼 납작 엎드려 자는 고양이도 보였다. 좁은 골목에서 엄청 큰 솜먼지가 휙 날아가는 것 같아 눈을 비비고 보면 그것도 고양이다. 옛날에 올림픽 도로라 불렸던 차 많은 길을 겁도 없이 건너가던 용감한 고양이도 만난 적이 있다. 집에서 역까지 걷는 동안에도 고양이는 쉽게 눈에 띄었다. 그만큼 자주 고양이를 목격했다면 처마 밑이나 담 안쪽처럼 보이지 않는 곳엔 더 많지 않을까?

마을에 동화되어 태평스럽게 살아가는 고양이의 모습을 볼 때마다 왠지는 몰라도 이 마을에 대해 안심하게 된다. 아직 한 번도 가본 적 없는 길을 어슬렁어슬렁 걷고, 아침, 점심, 저녁, 밤을 가리지 않고 고양이를 찾아 돌아다니면서 조금씩 마을에 적응한 것 같다. 어쩌면 내가 좋아하는 곳만을 추출하여 멋대로 구성한 환상 속의 '동네'인지도 모르지만.

그러다 야심한 시간에 고양이를 한참 보고 있어도 문제없을 것 같은 뒷골목을 발견했다. 내가 줄곧 품었던 소망은 밤에도 고양이를 찾으러 다니는 것인데, 지나가는 사람이 보면 수상하기 짝이 없는 행동이라 이루지 못하고 있었다. 그런데 동물 좋아하는 사람이 많아서인지 그 길엔 늘 고양이 밥그릇이 놓여 있고, 현관문 손잡이에 줄로 묶인 커다란 개가 두 마리나 있었다. 마치 자기 집처럼 길바닥에 드러누워 있어도 눈살 찌푸리는 사람 하나 없는 평화로운 길이다. 여기라면 늦은 밤 홀로 서성거려도 괜찮을 것 같다! 게다가 볼일을 끝내고 돌아갈 때 아침 첫차를 기다리지 않아도 바로 저기에 집이 있다! 생각만 해도 마음이 설렜다.

밤 1시가 지난 마을은 고요했다. 저녁에 어느 집 앞 도어 매트 위에서 양말을 닮은 고양이가 자고 있는 걸 봤는데, 밤에 다시 와보니, 어머, 없다. 접시꽃이 밤바람에 날려 아스팔트 위를 데굴데굴 구른다. 지세히 보니 동그랗게 뭉쳐진 고양이 털이었다. 근처에 있을 거야, 라고 염불을 외며 사택 울타리 안을 살펴보고, 늘 같은 곳에 주차되어 있는 라이트밴 아래를 들여다보았다.

인기척이 느껴지면 지나가는 사람인 척한다. 볼일도 없으면서 저쪽 모퉁이까지 갔다가 다시 돌아오거나 자동판매기 앞에서 음료수를 고르는 척하며 그 상황을 모면하는 경우가 많은데, 오늘은 마침 수도공사 마크가 찍힌 라이트밴과 벽 사이에 들어갈 틈이 있어서 엉거주춤한 자세로 숨어 있었기에 들키지 않았다.

그때 사사삭 하고 그림자가 움직였고 저쪽에서 달려오는 자동차 라이트가 고양이를 비추는가 싶더니, 다음 순간 바로 그 아이가 라이트밴 아래로 기어들어왔다. 양말과 닮은 고양이였다. 그뒤로 고양이 아줌마도 나타났다. 고양이 아줌마가 보이지 않는 곳에 둔 고양이 밥그릇을 새것으로 교환하고 오목한 그릇에 물을 붓는 동안, 양말을 닮은 고양이는 한가롭게 자기 털을 핥고 있다.

그냥 평범한 차. 하지만 밤이 되면
고양이들의 쉼터가 된다.

이 차 너머에 밥이 있어!

그 모습을 어디서 보고 있었는지 다리가 불편한 하얀 고양이가 절뚝절뚝 뒷발을 절며 천천히 다가왔다. 또 털이 길어서 고귀함이 흘러넘치는데도 씻지 못해 더럽기 짝이 없는 고양이가 건물과 건물 사이에서 기어나온다. 이 고양이는 코가 막혔는지 숨을 쉬는 게 힘겨워 보였다. 숨소리 때문에 계속 소곤소곤 이야기하는 것처럼 들렸다.

고양이 아줌마가 오면 양말이 고양이만의 신호=고양이 전파를 발신하여 동료 고양이들을 불러모으는 시스템인지도 모른다. 고양이 전파란 어떤 것일까? 그 전파를 잡아내려면 어떻게 해야 하지? 전파가 도달하는 범위는 어디까지? 수수께끼는 더 깊어진다.

나는 슬그머니 고양이 아줌마에게 다가갔다. "밥을 매일 주세요?"라고 물으니 "이 회사를 물려받을 아드님이 고양이를 좋아해서 매일 올 필요는 없어요. 꼭 교대로 하는 건 아니지만 이따금 시간이 날 때 밥을 주러 오고 있어요." 회사 이름이 찍힌 점퍼를 입고 매일 세차하던 구레나룻 기른 남자 말인가?

"혹시 이름도 지어주셨어요?" "이 아이는 아짱. 저 아이는 아짱의 엄마예요. 털이 긴 아이는 멀리서 오는 것 같

밥 먹으러 늦게 온 고양이.

코가 막혔어요!

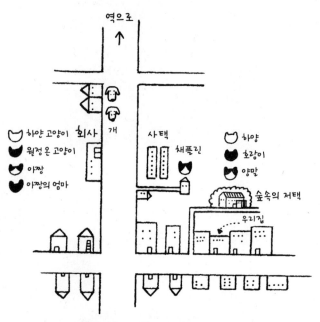

역으로
↑

회사

개

사택

하얀 고양이
원정 온 고양이
아짱
아짱의 엄마

채플린

하양
호랑이
양말

숲속의 저택

우리집

무늬 고양이는 세 곳에서 각각 다른
이름으로 불렸다(양말, 채플린, 아짱)

아요." 동물병원에서 거세 수술을 할 때 진료 카드에 기입할 이름을 몰라서 '아'라고 한 글자만 썼는데 그후로 '아짱'이 되어버렸다고 한다.

아짱은 숲의 저택에서는 양말이라 불리고, 다른 아줌마에겐 채플린이라 불리는 고양이가 아닌가? 양말아, 너, 이름이 대체 몇 개야? 이름을 지어주는 건 인간이 동물에게 하는 최고의 애정 표현인데, 고양이는 자기한테 이름이 있다는 사실조차 모르고 걸신들린 듯 밥만 먹고 있다.

고양이 아줌마는 여기까지 말한 후 "미안해요, 두 군데 더 돌아야 해서요!"라며 씩씩하게 걸어간다. 정말로 양말이랑 채플린이랑 아짱은 같은 고양이일까? 숙제가 생겼다. 한가한 나라서 다행이다.

환상의 네코야마 일가를
찾아서 전편

네코야마(猫山)라는 성을 가진 고양이 가족이 모여 지내는 장소가 있다는 말을 T양에게 듣고 강 근처까지 와보았다. 여기는 도쿄 교외의 어느 시민 공원 구석이다.

공원을 가로질러 흐르는 강을 따라가다보면 주택가 안에 급수 탱크를 갖춘 집이 있는데, 그 탱크 위에 고양이 일가가 모여 있다는 게 T양의 설명이다. 설명하면서 '네코야마'라든지 '네코야마들' 혹은 '네코야마 일가'라고 다양한 호칭을 썼는데, T양이 고양이 이름에 미묘한 변화를 줄 때마다 고양이에 대한 그녀의 예사롭지 않은 애정을 느꼈다. 마치 애인 이야기를 하는 것 같다고 할까?

5월의 연휴 마지막 날. 덥다. 모두 반팔이다. 강을 따라 이어지는 공원의 잔디밭은 프리스비를 즐기는 사람, 이젤을 세우고 그림을 그리는 사람, 개를 산책시키러 나온 사람들로 혼잡했다. 프리스비를 던지는 게 아니라 건네는 것으로 보일 만큼 가까운 거리에서 주고받는다. 꼬리에 남은 치약을 끝까지 짜내듯 연휴 마지막 하루를 즐기려는 사람들의 열기가 공원에 가득하다……라고 남의 일에 신경쓸 때가 아니지. 나는 네코야마 일가를 찾으러 왔다.

강을 몇 차례나 왕복했지만 급수 탱크가 보이지 않았다. 가보면 알겠지 싶어서 T양에게 대략적인 장소만 듣고 온 것이 실수였다. 결국 찾지 못하고 잔뜩 풀이 죽어 집으로 돌아왔다.

다음날도 아무런 준비 없이 고양이를 찾아 덜컥 공원까지 와버렸다.

공원은 어제와 딴판으로 거의 사람이 없었다. 여기서 놀던 사람들 모두 신비한 광선을 받아 그 자세 그대로 증발해버린 건가? 어제의 혼잡함이 거짓말이었던 것처럼 잔디밭은 텅 비어 있었다.

오늘은 T양에게 더 자세히 듣고 왔으니 찾을 수 있을 것이다. 강변길을 걸어 역 반대쪽으로 쭉쭉 나아간다. 네코야마가 있다는 급수 탱크는 강변이 아니라 조금 안쪽으로 들어간 주택가에 있다고 하니 이 부근은 신경쓰지 않고 훌쩍 지나도 괜찮을 것 같았다.

한참 걸으니 다리가 나왔다. 60세가 넘어 보이는 아저씨와 강아지를 데리고 나온 진한 화장의 아가씨가 다리 끝에 서서 이야기를 나누고 있다. 어쩌면 고양이 이야기를 하고 있는지도 모른다고 생각했다. 나는 강바람을 쐬러 온 척 슬그머니 다리 난간에 기대어 두 사람의 이야기에 귀를 기울였다.

"깜짝 놀랐지 뭐요. 어? 새가 어디 갔나 하고 보니 새장 안에 뱀이 들어가 있는 거야. 새를 삼키고 몸이 커져서 못 나오고 있었나봐."

"아, 어떡해."

"이 부근에 옛날부터 있었어, 길고 굵은 뱀. 보트 옆에도 많지."

"꺄, 무서워요."

아저씨는 양손으로 난간을 짚고 몸을 내밀어 강을 들여다보았다. 강기슭이 갈대밭이어서인지 언제라도 뱀이 기어나올 것처럼 음습했다. 문득 등이 서늘해져서 잽싸게 그 자리를 떠났다.

주택가에 들어섰다. 호화로운 저택이 죽 늘어선 길을 걷는다. 평일 오후의 주택가는 쥐죽은듯 고요하여, 한낮의 텔레비전을 보다가 꾸벅꾸벅 조는 주부들의 코 고는 소리가 들릴 것만 같다.

네코야마 일가가 지낸다는 급수 탱크는 이 주택가 어딘가에 있을 텐데 아무리 돌아다녀도 찾을 수가 없다.

T양은 몇 번이나 확인한 후 정확한 장소를 알려주었다. 내가 혹시 근본적인 실수를 한 것일까?

앗, 그런가? 이제 알았다. 이건 내가 '급수 탱크'를 머릿속에 이미지화하지 못했기 때문이다. 어떤 형태인지도 모르는 걸 무슨 수로 찾을 수 있겠는가?

탱크 색깔을 물어봤어야 했다. '탱크, 탱크, 탱크' 하고 머릿속에 탱크라는 단어만 가득 채우고 구석구석 돌아다녔는데, 정작 내가 찾아야 할 것은 급수 탱크가 아니라 네코야마였다. 그러니 탱크를 찾아다닐 게 아니라 고양이에게 집중하며 다가가는 편이 더 좋았는지도 모른다. 길 가던 고양이가 고양이 가족의 일원이었다면? 그 고양이를 따라갔어야 했다.

마음을 가다듬고 다시 걸어본다. 바둑판 같은 길을 이 잡듯 구석구석 걸으며 공터가 있으면 수풀을 헤집어보고, 차고가 있으면 고양이 물통이 있는지 들여다보기도 했다. 그러는 동안 어느새 선로 옆길로 나왔다. 선로는 뱀이 있는 강을 따라 공원까지 뻗어 있었다. 선로 옆 울타리에 널린 걸레가 주위 공기를 정겹게 만들었다.

그러다 어느 집 현관 앞을 지나는데…… 하얀 바탕에 회색 무늬 고양이가 있었다. 하지만 네코야마 영역에서

이러면 재미있어. 너도 해볼래?

네코야마가 뭔데 그래?

꽤 떨어진 곳이라 내가 찾던 고양이가 아닐 확률이 높다. 내가 쭈그리고 앉으니 한걸음 한걸음 다가와 내 다리에 몸을 비빈다. 너, 사람을 좋아하는구나, 그런데 내가 고양이를 좋아하는지 어떻게 알았니? 그렇게 말을 걸면서 한참 동안 쓰다듬으며 놀았다.

고양이가 무슨 볼일이라도 생각났는지 갑자기 걷기에 나도 그뒤를 따랐다. 집 모퉁이를 돌 때마다 벽돌담 모서리에 등을 비비며 황홀한 표정을 짓는다. 고양이를 기르는 분은 아시리라 생각하는데, 고양이는 주인이 귀가하면 현관에서 이와 비슷한 행동을 보이곤 한다. 고양이 기르는 법이 실린 책을 보면 '기쁨의 표현'이라든지 '자기 냄새를 바름으로써 영역을 표시하려는 행위'라고 나와 있다. 하지만 정말로 그런지는 아무도 모른다.

고양이는 꼬리를 꼿꼿하게 세우고 걷다가 가로등 지지대가 있으면 그 지지대를, 풀이 무성하게 자라 있으면 그 풀을 앞발로 톡톡 건드린다. 길거리엔 그 외에도 다양한 물체가 있는데 왜 하필 지지대와 풀에만 관심을 가질까? 지지대와 풀이 특별한 무언가를 뿜어내기라도 하나? 그건 고양이가 살아가는 데에 반드시 필요한 행위인가? 아니면 취미로? 내가 그런 생각을 하든지 말든지 고양이는 쉬지 않고 걷는다. 이 길을 수천 년 전부터 걸어왔다는 듯 천천히, 우아하게.

고양이가 갑자기 속도를 높인다. 어느 집 모퉁이를 왼쪽으로 돌아 뜰 안으로 들어가더니 신발 벗는 돌에 앞발을 올리고 은색 그릇에 담긴 물을 마시고 있다. 이 집이 목적지였나? 마음 편히 쉬는 것처럼 보이진 않으니, 여긴 간이 쉼터일 뿐인지도 모르겠다. 오래 있을 것 같지는 않았다.

예상대로 곧 그릇에서 물러나더니 원래 왔던 방향으로 유턴한다. '어? 돌아가?'라고 생각했는데, 옆집 현관에서 처마 위로 훌쩍 뛰어오른다. 올려다보니 그곳에 커다란 플라스틱 상자가 있었다. 고양아, 너, 네코야마라고 알아? 혹시 그 커다란 상자가 급수 탱크는 아니겠지? 고양이가 꼬리를 몸 앞으로 돌리더니 털썩 주저앉아 매화나무를 바라본다. 그곳에 제법 오래 있으려는 모양이었다.

해가 저물기 시작한다. 나는 전철을 타고 집으로 돌아온다. 환승역에 이르니 승객들이 몽땅 내려 계단이 사람들로 가득해졌다. 도시의 인간들은 다른 사람의 발을 밟지 않게끔 보조를 맞춰 찔끔찔끔 나아가는 보행법을 알고 있다. 거대한 강물이 계단 위로 막힘없이 흘러간다.

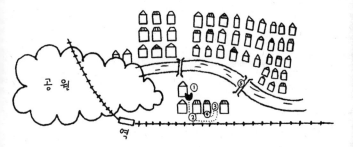

① 다가와서 몸을 비빈다.

② 모퉁이에 몸을 비빈다.

③ 물을 마신다.

④ 매화나무 가지를 본다.

⑤ 뱀 이야기를 하는 사람.

나도 그렇게 따라 흐르는데 "삐익! 삐익!" 하는 소리와 함께 개찰기가 닫혀 흐름이 정체되었다. 어머나, 하고 그쪽을 보니, 차표를 잘못 넣어서 개찰구 안에 갇힌 건 놀랍게도 T양이었다. '아, T짱' 하고 손을 뻗었지만 사람들에게 밀려 그녀를 잡지는 못했다.

나중에 이 일을 T양에게 이야기하면서 알았는데, 그래도 네코야마 일가가 있다는 지점에 꽤 근접했던 모양이다. 초여름 날씨에 탱크 위가 뜨거워져서 어쩌면 다른 장소에서 쉬고 있었는지도 모른다. 더위가 누그러지면 다시 가봐야겠다.

환상의 네코야마 일가를
찾아서 후편

9월. 낮이 꽤 짧아졌다. 태양빛도 약해져서 몸을 조금 움직이는 것만으로 땀이 흐르는 일이 없어지니 밖에 나가서 뭔가 하고 싶어진다. 이런 기분, 고양이도 느끼지 않을까? 그렇게 생각하여 네코야마가 있는 교외의 공원에 다시 가보기로 했다. 이번에는 T양이 메일로 가르쳐준 경로를 하나하나 지키려고, 노트에 성실하게('짧은 오르막길'이라고 적혀 있었다면 '짧은'도 생략하지 않도록 유의하며) 기록하여 가지고 갔다.

오후 3시. 공원이 있는 역에서 내린다. 마치 초록색 목도리로 감싸인 듯한 작은 역이다. 너무 이른 시각에 와버려서(고양이는 해질 무렵 느릿느릿 움직이는 경우가 많다), 역 근처의 고풍스러운 카페에 들어가 시간을 보내기로 했다. 영화에 나오는 옛날 병원 같은 작은 건물. 덩굴장미가 유리창 위를 기고 있는 듯 보였다.

점원이 발소리도 내지 않고 마치 체중이라곤 없는 것처럼 물을 들고 쓰윽 다가왔다. 나는 카레를 주문했다. 나무판자가 깔린 바닥에 서양의 골동품 느낌이 물씬 풍기는 둥근 테이블이 놓여 있다. 병원에서나 볼 수 있는 하얀 선반 안에는 금발의 소녀 인형이 얌전하게 앉아 있다. 음악은 없다. 빈 병에 하얀 꽃을 피운 잡초가 꽂혀 있고, 노란 전구가 그 꽃병을 비춘다. 까만 원피스를 입은 여자 손님의 굽실굽실한 긴 머리가 반들반들 윤이 나고, 유난히도 하얀 피부가 예쁘다. 마치 숨도 쉬지 않을 것처럼 조용한 동작으로 홍차를 홀짝홀짝 마신다. 잠시 후 작업복 차림의 남자가 들어와 자리에 앉았다. 공사 현장에서 일하다가 식사하러 온 것인지 남자도 나처럼 카레를 주문한다. 천장과 벽을 두리번두리번 둘러보는데, 어쩐지 자기는 이 자리에 어울리지 않는다고 생각하는 것 같다.

카레가 나왔다. 버터가 잘 스며든 빵을 카레에 찍어 한 입. 맵다! 게다가 뜨겁다! 남자도 한입 먹고 한참 동안 입을 벌리고 위를 쳐다본다. 몇 분 간격으로 지나는 전철 소리가 오후의 온화한 공기를 뚫고 부드럽게 다가온다. 여자가 컵을 입에 대더니 움직이지 않는다. 인형인가? 점원은 안쪽 주방으로 들어가버렸다.

내 물컵이 바닥을 드러냈다. 남자도 매운지 카레와 물을 번갈아가며 입으로 옮긴다. 물이 모자라다. 그러나 이

고요한 가게에서 물 달라고 소리를 지르는 건 무척 용기가 필요한 일이었다. 그래도 물 마시고 싶다. 더이상 못 참겠다 싶어서 큰맘먹고 부르려던 순간, 남자가 손을 들었다. "여기요, 찬가운 물 좀 주시겠어요?" 긴장한 나머지 '찬 물'과 '차가운 물'이 섞여서 나와버린 모양이다. 나는 겨우 얻어낸 물을 마시고 가게에서 나왔다.

오후 3시 40분, 노트에 기록한 경로를 따라 역에서 공원을 향해 출발.

오후 3시 45분, 놀랍게도 너무나 쉽게 탱크가 있는 집 발견. 그러나 네코아마는 보이지 않았다. 탱크만 발견.

이렇게 가까운 곳이었다. 지난번에는 왜 눈에 띄지 않았을까? 내가 생각해도 어이없다. 여태까지 본 적 없는 특이한 색깔의 건물이어서 이런 집에는 고양이가 없을 거라고 제멋대로 판단한 탓이다. 보는 줄 알았는데 아무것도 보지 않고 있었다. 선입관은 사람의 눈을 흐리게 한다. 이 집 앞을 몇 번이나 지났는데.

탱크는 창문 아래의 따스한 양지 쪽 풀밭 위에 설치되어 있었다. 의외로 크기가 작았다. '응? 이 위에 가족이?'라고 묻고 싶을 만큼 작은 탱크였다. 현관 옆에서부터 키 작은 정원수가 빙 둘러싸고 있다. 나는 정원수 가지를 살짝 밀고 고개를 넣어 안을 들여다보면서 네코야마의 흔적이 있는지 확인했다. 얼굴에 가지가 닿아 따끔따끔 아프다. 물을 담는 그릇이나 고양이 물건, 혹은 고양이가 풀을 밟은 흔적 같은 깃도 눈에 띄지 않았다. 가지 사이에서 얼굴을 빼고 주위를 둘러본다. 고양이가 다니는 길은 어디일까? 집 뒤쪽에서 어슬렁어슬렁 나오진 않을까?

네코야마가 올 때까지 기다리기로 했다. 지난번에 매화나무를 쳐다보던 고양이 생각이 나서 그 부근까지 가보았지만 없었다. 거기 있던 물통도 사라지고 없었다. 고양이를 찾아 골목을 어정거리는데 무언가가 작은 소리로 부르는 것 같아서 뒤돌아보니 잃어버린 고양이를 찾는다는 전단지가 전신주에 붙어 있었다. '어떤 정보라도 좋습니다'라고 적힌 글자를 보니 가슴이 아파왔다. 특징을 외운다. 사진도 찍는다. 그렇게 돌아다니다가, 대나무 숲의 팔작집 같은 커다란 집 툇마루에 희귀하다 싶을 만큼 거대한 고양이가 드러누워 뒹구는 모습 발견. 쌀가마니인 줄 알았다.

그렇게 설렁설렁 걸었는데도 금세 한 바퀴를 돌았다. 이런 주택가에서는 멈춰 서서 가만히 있으면 더 수상해

보일 테니 같은 길이라도 계속 걸어다니는 편이 더 낫다.

오후 4시 41분. 다시 돌아와서 탱크 위를 확인하니 새까만 고양이가 이쪽을 똑바로 쳐다보고 있다. 털이 짧고 단단해 보이는, 윤이 반지르르 나는 고양이였다. T양이 "검은 고양이가 대부분이고 하얀 아이도 있어"라고 했으니, 이 검은 고양이는 틀림없이 네코야마 일가의 일원일 것이다. 검은 네코야마는 자기가 더 높은 위치에 있으니 우월감을 느끼고 긴장을 푸는 듯했다. 탱크 가장자리에 자리를 잡더니 잠들어버린다. 탱크 지붕이 낮 동안 빨아들인 햇빛의 온기를 온몸으로 흡수하면서.

잠든 네코야마를 맞은편 집 담에 기대어 바라보는 동안 왜 그런지 가슴이 벅차올랐다. 사랑스러운 생물이 자그맣게 숨을 쉬며 잠든 모습을 보고 있으니 내 고양이도 아니면서 왠지 내 것이 된 듯한 기분이 드는 것이다.

가만히 서 있는 동안 신경이 쓰이는 점이 생겼다. 방금 이 길을 지나간 여성이 모두 안경을 썼다. '어? 이 사람은 안경 안 썼네. 타지 사람이 분명해, 라고 생각할지도 몰라요. 계속 서 있으면 이상하게 볼 테니 조금 걷는 게 좋겠어요'라고 마음속의 경호원이 귀띔을 한다.

여기서 물러나는 것과 네코야마가 움직이기를 기다리

전신주에 붙어 있던 길 잃은 고양이 전단지.
다른 전봇대와 공원에도 있었다.

오후 4시 41분. 이쪽을 보고 놀라는 네코야마.

는 것 중 어느 쪽을 선택하느냐에 따라 내 인생이 크게 바뀌리라는 생각이 들었다. 만약 여기서 물러나면 도중에 100엔짜리 동전을 주울 가능성이 있지만 여기서 계속 기다리면 그럴 가능성이 없다. 그 100엔이 내 인생을 좌우할지 어떻게 아는가? 그러나 고양이 보러 여기까지 왔는데 이대로 물러설 수는 없다. 낮잠에서 언제 깰지 모르지만 인내심을 갖고 기다려야 하리라. 이대로 한참 잘 것 같아서 잠시 그 자리를 떠났다 오기로 했다.

오리 울음소리에 이끌려 어슬렁어슬렁 걷다가 강변의 벤치에 걸터앉았다. 강 너머로 네코야마의 집이 보인다. 네코야마가 일어나면 기척이 느껴질 정도의 거리다. 강변에는 뱀을 보러 온 노인들이 서서 이야기를 나누고 있다. 오늘은 뱀을 볼 수 있을까?

"작네, 가늘어."

"그래도 꽤 기네."

"다리 위까지 올라와서 동그랗게 똬리를 튼 걸 봤어."

난간에 기대어 모두 한 지점을 응시하며 한마디씩 던진다. 그 노인들의 피부가 묘하게 생기롭고 반들반들했다. 뱀 이야기를 하면 몸 안쪽이 스멀거리니, 어쩌면 그런 감각이 피부에 좋은 건지도 모른다.

뱀이 강에서 헤엄치는 오리를 통째로 삼키지는 않을까? 걱정이다. 강가의 벚꽃잎은 벌레한테 대책 없이 먹히고 있다. 까마귀는 버드나무 가지를 날개로 흔들어대며 떠든다. 내 무릎은 모기한테 뜯겨 빨갛게 부어올랐다.

오후 5시 30분, 네코야마가 일어났는지 탱크 집으로 확인하러 간다. 곧 도착. 앗! 네코야마가 없다. 내가 모기한테 물리는 동안, 네코야마는 어딘가로 가버렸다. 좋은 장소에 자리를 잡고 누웠으니 한동안 움직이지 않으리라 생각했는데, 아니었구나. 오늘 처음 만났을 뿐인데 일반적인 고양이의 특성에 끼워 맞춰 '아직 자고 있겠지'라고 마음대로 믿었던 거다. 고양이는 저마다 다른데, 하나로 묶어 판단해버린 탓이다.

할 수 없다. 탱크가 어디 있는지 알았으니 '또 오면 되지 뭐'라고 생각했다.

그런데 또 오면 되는 때가 생각 외로 빨리 찾아왔다.

이제 그만 집에 가자고 생각하며 해가 지기 시작하는 공원을 빠져나가는데, 개를 산책시키는 두 여성이 서서 이야기를 나누고 있었다. 한 명은 개를 좋아하는데 기르지는 않는 듯 "이 감촉을 손에 저장해둬야지" 하고 웃으며 개를 쓰다듬는다. '감촉을 손에 저장'하다니 멋진 표현이다. 센스 있는 아주머니네. 그 말이 나를 자극했는지, 네코야마를 '눈에 저장'해두고 싶은 마음이 쑥쑥 부풀어 올랐다.

집으로 향했던 마음을 지우고, 어느새 암흑이 짙어진 공원 쪽으로 방향을 바꿔 걷기 시작했다. 오늘 대체 몇 번째인가? 탱크가 있는 집에 도착하여 둘러보니, 까맣고 불룩한 것이 현관 계단에 앉아 있다. 검은 네코야마가 돌아온 것이다(나는 두 주먹을 불끈 쥐면서 기쁨을 만끽했다). 집에서 밥이 나오기를 기다리는 걸까? 얼른 사진부터 찍으려는 나의 초조한 태도에서 살기를 느꼈는지, 네코야마가 전속력으로 도망친다. 고양이족 특유의 포즈로 비스듬히 몸을 날려 맞은편 울타리를 넘더니, 나를 가만히 응시하며 몸을 웅크린다.

"멋지다, 점프했어?"라고 말을 걸며 낮은 자세로 다가갔지만 검은 네코야마는 뒷걸음질치고 만다. '처음 보는 사람이야. 누가 좀 도와줘'라고 눈썹을 실룩대면서 다른 고양이에게 고양이 전파를 보내는 듯하다. 문득 등에 시선이 느껴져서 돌아보니 줄무늬 고양이(목줄을 하고 있었다)가 문기둥 위에서 놀란 듯 눈을 크게 뜨고 이쪽을 보고 있다. 내가 일어서려고 상체를 앞으로 구부리는데, 기

날렵한 네코야마.

오지 마!

둥을 탁탁 차고 탱크가 있는 집 건물 쪽으로 몸을 날린다. 이 지점부터는 남의 집 안뜰이라 따라갈 수는 없었다. "대장, 나는 못 가잖아요!"라고 소리 내어 말했더니 쓸쓸함이 조금 잦아들었다. 그 줄무늬 고양이도 네코야마일까? 둘 다 젊고 동작이 빠른 고양이였다.

덧문 닫히는 소리가 여기저기서 들린다. 한 군데가 닫히면, 나도, 나도, 하면서 마치 파도타기를 하듯 집집마다 문단속을 한다. 탱크 집의 불 켜진 2층 방이 초저녁 어스름 속에서 네모나게 빛난다. 이제 고양이도 사람도 저녁 먹을 시간인가? 네코야마의 오늘 메뉴는 뭘까? 맛있는 밥을 먹고 있을까? 나도 그만 돌아가야지. 도큐 백화점 지하에 들러 내 마음을 달래줄 음식을 사서 집으로 향하는 발걸음을 재촉했다.

고양이 사진과
누드 사진의 공통점

도쿄는 무서운 곳이 틀림없다……라고 하면 대대로 도
쿄에서 살아오신 분들에겐 참으로 죄송스럽지만, 지방
에서 태어나 자란 나는 도쿄에 대한 이미지를 형사 드라
마를 통해 키워온 탓인지 어릴 적 혼자 제멋대로 그렇게
믿었다.

　내가 어릴 적 살았던 집에 별채가 있었는데, 할아버지
한 분이 그곳에 세 들어 살았다. 그분이 심근경색인가로
갑자기 돌아가셨을 때 찾아왔던 유족이 할아버지의 물
건을 그대로 두고 가버려서 어떻게 처분하면 좋을지 고
민하다가 방을 그냥 방치해둔 시기가 있었다. 나는 그 별
채 앞을 지날 때마다 안이 궁금해서 미칠 지경이었다. 그
러던 어느 날 열쇠로 열고 들어가보았다.

　낮에도 덧문이 닫혀 있는 어둑어둑한 방에 누드 사진
이 들어간 달력이 걸려 있었다. 나는 보면 안 된다고 생
각하면서 끝까지 넘겨보고 말았다. 모두 금발 여자였다.
8월의 여자는 벌거벗은 채 머리에 고기잡이용 그물을 뒤
집어쓰고 '나는 붙잡힌 인어예요'라는 듯 괴로운 얼굴을

하고 있다. 9월의 여자는 나체로 하얀 그네에 앉아서 하이힐을 신은 다리를 꼬고 있다. 가장 놀라웠던 것은 그 여자의 젖가슴 모양이었는데, 특이하게도 바깥쪽으로 솟아 있었다. 누군가가 억지로 끌고 와서 옷을 강제로 벗긴 걸까? 어두운 곳에 서 있으니 등뒤에서 나쁜 사람이 나타나 나를 어딘가로 끌고 갈 것만 같았다.

이번엔 책상 서랍을 열어보았다. 인주와 필기도구 같은 것들이 엉망진창으로 섞인 가운데, 도쿄의 술집 이름이 찍힌 성냥 상자도 들어 있었다. 그때 이미 내 머릿속에서는 발가벗겨진 채 그물에 걸렸거나 알몸으로 그네에 앉혀진 여자가 도쿄라는 지명과 연결되어 떠오르기 시작했다. '달력 사진은 도쿄에서 찍은 게 분명해. 도쿄에는 여자를 물색하러 다니는 사람이 있어. 도쿄는 무서운 곳이야. 조심해야 해'라는 생각이 머리에서 한동안 떠나지 않았다.

도쿄에 산 지 벌써 20년이다. 이제 와서 왜 그런 생각이 떠올랐나 했더니, 아사가야(阿佐ヶ谷)의 찻집에 그네가 있었기 때문이다. 그 그네에 앉은 남녀의 대화를 엿들은 탓이다.

친구의 친구인 야마후지 씨와 고양이 이야기를 나누

기 위해 아사가야의 찻집에서 만나기로 했다. 야마후지 씨는 자택 겸 작업실에서 고양이 두 마리를 기르고 있다. 나가지 않고 집에 틀어박혀 일하면서 하루 대부분의 시간을 고양이와 함께 보낸다고 한다.

찻집에 들어가니 그네에 남녀가 앉아 있었고 우리는 그 옆 좌석에 자리를 잡았다. 야마후지 씨가 "그네에 앉고 싶었죠?" 하고 나를 위로하며 집에서 갖고 온 고양이 사진을 테이블에 펼쳤다. 머리가 멜론만 한 고양이가 사진에 찍혀 있다. 이 아이가 마메조(수컷)이다.

편안하게 쉬는 건지 망을 보는 건지 모를 표정으로 호랑이 깔개 위에 엎드린 마메조. 키 큰 책장 위에 올려둔 골판지 상자에 들어가 자랑스러운 표정을 짓는 마메조. '아니? 가만히 앉아만 있어도 살이 빠진다고!?'라는 선전 문구가 달린 운동기구 위에서 정신없이 자는 마메조. 마치 신앙심 깊은 사람이 절이라도 하듯 넙죽 엎드린 채 숙면을 취하는 마메조. 이 자세를 뒤에서 보면 땅콩처럼 생겨서 '땅콩 고양이'라 부른다고 한다.

어떤 때는 전신 샷으로, 어떤 때는 원하는 부위를 클로즈업하여, 또 어떤 때는 크기를 비교할 수 있는 객관적 재료를 마메조의 옆에 두고 찍었다. "마메조는 이러이러

한 점이 좋아요"라고 야마후지 씨가 적절한 표현으로 차분하게 설명하는 내용에 딱 걸맞은 사진들이다. "고양이를 기르면 행운이 찾아온다는 말을 들은 적이 있거든요. 그렇다면 한번 길러보자고 마음먹었지요. 마침 그 타이밍에 나타난 고양이어서 운명적인 만남이 아닐까 생각한답니다"라고 말하는 야마후지 씨에게 마메조를 기른 후 정말로 행운이 찾아왔다고 한다. 성격이 전보다 원만해졌고, 좋은 일도 많이 생겼다고 한다.

"발톱을 깎아도 얌전히 있을 정도로 온순한 고양이예요. 또 전화기 핥는 걸 좋아한답니다."

마메조는 올해 열네 살(인간으로 치면 72세 정도)이 되었다. 수컷이면서 가메키치(또 한 마리의 반려묘, 암컷)에게 젖을 빨리는데다, 가메키치가 실컷 빨고 떠나면 자기가 자기 젖을 빤다고 한다. 자기 털 관리와 밥에 목숨을 걸고, 가메키치가 털을 고르기 시작하면 자기도 하고 싶어서 침을 질질 흘린다고 한다. "저는 (털 관리를) 하고 싶어지면 참지 못하고 침까지 흘리는 생물이랑 살고 있어요"라며 야마후지 씨가 웃는다. 말만 들으면 정말 바보 같은 생물이라 아니할 수 없지만, 그런 마메조가 귀여워서 어쩔 줄 모르는 그녀의 마음이 고스란히 전달되었다.

이렇게 좋은 걸, 고마워.

엎드려 잔다. (두 장 다 야마후지 씨 촬영)

나도 그 마음 잘 안다. '이 아이, 바보 같아'라고 생각하면 신체의 어딘가가 부드럽게 열리면서 뭐든 허락하고 싶은 마음이 생긴다. 어쩌면 '이 아이, 바보네'라고 지적할 만한 지점을 찾았을 때 비로소 인간보다 더 훌륭한 생물인 고양이와 대등해지는지도 모른다.

옆자리 그네에 앉은 남녀에게서 "난 매달리는 걸 좋아해"라는 말이 대화중에 들렸다. 우리는 응? 하고 서로 마주보며 숨을 삼켰다. 슬쩍 그쪽을 보니 하얀색 미니스커트를 입은 여자가 뒤꿈치가 바닥에 붙인 채 그네를 앞뒤로 흔들어대며 주머니가 유난히 많은 조끼를 입은 남자에게 그렇게 말하고 있었다. 남자는 여자의 말에 과장스럽게 고개를 끄덕이며 감탄한 척 맞장구를 쳤다. 담배까지 피우면서.

그 장면을 본 순간, 도쿄는 무서운 곳이라는 어릴 적 망상이 되살아났다. 그때 그 달력의 여자가 삼차원 입체물이 되어 내 옆에서 그네를 흔드는 것만 같았다. 이 여자는 여기서 나가면 누드가 될까? 누드는 누드라도 데이비드 해밀턴David Hamilton의 1970년대 작품 같은 우아하고 로맨틱한 누드 사진일지도 모르잖아? 알몸 사진도 여러 가지다. 분명 멋질 거야. 해밀턴, 해밀턴, 해밀턴, 하면

서 그 그네를 1970년대 촬영 세트라 생각하고 마음의 평
정을 애써 유지했다. 그런데 데이비드 해밀턴의 작품 중
그네에 매달리는 사진이 과연 있었을까?

그러고 보면 고양이 사진과 누드 사진은 별반 다를 게
없다. 찻집에서 둘이 얼굴을 맞대고 눈을 반짝반짝 빛내
며 다리 굵기가 딱 예쁘다든지 목 부위를 보면 참을 수가
없다면서 볼을 붉히고 탄복하곤 한다. 흥분하여 남 앞에
서 떠들어대기엔 둘 다 창피한 일이다. 그게 파일로 철한
고양이 사진집이라면 말할 것도 없다. 페이지를 넘길 때
마다 새로운 포즈에 매혹되어 체온은 급상승! 자기 집에
고양이가 있다 해도 고양이 잡지가 새로 나오면 "오오~"
하고 눈을 크게 뜨고 달려든다는 점도…….

고양이를 좋아하는 친구 A에게 어떤 사진집을 갖고
싶으냐고 물으니 "되도록 고양이가 많이 실린 것. 여러
종류의 고양이를 보고 싶어"라고 대답했다. 나는 지금까
지 접한 적 없는 새로운 환경에서 찍은 고양이 사진을 보
고 싶다. 생각만 해도 가슴 벅차다. 그게 길고양이라면
더할 나위 없다.

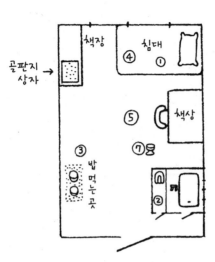

하루 동안 보이는 행동

① 아침에는 여기서 자고 있다.

② 털 손질은 인간의 화장실에서.

③ 밥을 요구.

④ 저녁까지 여기서 잔다.

⑤ 주인이 일하는 걸 지켜보거나 방해한다.
   방 한가운데에서 밥!! 하고 외친다.

② 또 털 손질.

⑦ 운동기구나 골판지 상자에서
   편히 쉰 후에 이빨을 닦고 잔다.

도쿄 만 구석에서
대모험

"혹시 아세요? ××구에 섬이 하나 있는데요"라고 프린디 영업사원이 말했다.

"H섬이요?"

"아뇨, 그 근처요."

"그럼, U섬?"

"그건 역 이름이죠." 답답한 대화를 이어가다가 영업사원이 어딘가로 전화를 건다.

"어제 우리가 갔던 데 말이야. 나카짱도 같이 간 적 있는 그 섬 이름이 뭐더라……. 고양이가 엄청 많은 곳 있었잖아. 지금 고객님 댁 방문 중인데, 고양이를 좋아하신대. …… 응응, Q섬이었구나."

"Q섬이요?"

"제가 깜빡깜빡하네요. 같이 갔던 선배한테 물어봤더니 Q섬이랍니다. 가본 적 있으세요? 정말 좋아요. 비행기가 엄청 낮게 날더라고요. 선배랑 등나무 밑에 앉아 쉬는데 고양이가 먼저 다가왔어요."

Q섬. 가본 적 없다. 지금까지 고양이를 보러 간 섬이라

면 하치조지마와 지중해의 몰타 섬밖에 없다. 고양이나 인간 외에도 여러 생물이 섬이라는 자그마한 토지 위에 얹혀 있는 그림을 상상하면 왠지 흥분되어 가슴이 두근 거린다. 영업사원과 이야기를 나누는 동안, 역시 Q섬에 도 가보고 싶어졌다.

일요일. 영업사원이 그려준 지도를 한 손에 들고 Q섬 으로 떠난다.

버스를 타고 ××구의 어느 정류장에서 내렸다. 거기 서 전철을 타고 한 코스만 가면 섬을 한 바퀴 순환하는 버스를 탈 수 있다. 버스를 타고 운하를 건너면 길 폭이 쑥 넓어지면서 하늘이 탁 트인다. 지나가는 차에 덤프트 럭이 하나둘 섞이기 시작한다. 버스는 그 흐름에 따라 섬 을 향해 순조롭게 달린다.

해가 서서히 기울기 시작할 무렵. 손잡이를 잡은 할 아버지의 화려한 금색 손목시계를 훔쳐본다. 오후 4시 25분이다(할아버지한테서 마른 우유병 냄새가 났다). 할아 버지는 인기척이라곤 전혀 없어 보이는 공장지대 한가 운데에서 내렸다. 이제 곧 저녁인데 이런 곳에서 내리다 니 혹시 경비 일을 하는 분일까?

Q섬은 도쿄 만을 매립하여 만든 공업단지로서 공장

과 창고만 줄지어 서 있다. 사람이 살지는 않는다고 한다. 암호 같은 문자가 찍힌 컨테이너가 높다랗게 쌓인 모습이 멋지다. "무엇을 할 때 필요한 거예요?"라고 묻고 싶을 만큼 보지도 듣지도 못한 공업 기술을 쓰는 공장이나 쓰레기 처리 공장 사이로 폭이 넓은 직선 길이 저 멀리까지 휜히 뻗어 있다. 사람이 생활할 것 같은 분위기는 전혀 아니다. 도쿄 만에서도 외진 구석이구나. 커피 자판기가 유일하게 친숙한 물체로서 나를 안심시켜주었지만, 다시 보니 왠지 이 세상 마지막 음료인 것만 같아서 화려한 외장이 오히려 쓸쓸하게 느껴졌다.

버스가 공업단지 안을 달린다. 고양이가 있다는 공원은 섬의 마지막 지점인 운하 옆이기에 공장과 창고밖에 없는 섬 안을 계속 달려야 했다. 이처럼 생활 냄새라곤 전혀 없는 곳에 정말로 고양이가 있을까? 그런 생각이 머리를 스친 순간, 몸집이 여윈 검은 고양이가 뚜벅뚜벅 버스 앞으로 걸어나왔다.

고양이는 당황한 기색도 없이 느긋하게 도로 한가운데에 앉더니 발바닥을 핥기 시작했다. 고양이가 버스에 치일 것만 같아서 나는 어쩌면 좋을지 몰라 와아앗 하고 팔다리를 버둥거렸는데, 버스가 천천히 속도를 줄여 고양이 바로 앞에 멈춰 선다. 운전사 아저씨, 훌륭해요! 잠시 후 고양이가 벌떡 일어나 당당하게 도로를 횡단하더니 공장부지 안으로 슬며시 들어간다. 고양이가 정말 있었네……. 그나저나 사람을 이토록 안달하게 만들다니, 대체 뭘 하려고 버스까지 멈추게 하는가? 그거야 뭐, 발바닥 청소. 고양이는 정말 대단해. 나는 흉내도 못 내겠다.

버스가 다시 움직이기 시작한다. 운하에 이르자 바로 거기가 공원이었다. 운하와 만이 만나는 지점에 벤치가 설치되어 있어 제방 옆 벤치에 앉아 저민 닭고기 도시락을 먹었다. 근처에 공항 활주로가 있는지 바로 눈앞에서 비행기가 날아오르는 게 보였다. 그 장면을 촬영하러 온 사람들도 있는데, 들고 있는 카메라들이 모두 어마어마하다. 비행기가 동체를 쭉 올리고 하늘을 크게 선회하는 모습을 카메라가 열심히 좇는다. 기체가 번쩍번쩍 빛나서 아래에서 보니 마치 가다랑어가 나는 것 같았다. 노란 비행기, 꼬리가 빨간 비행기 등 여러 가지이지만, 은색 배에 꼬리만 파란색인 구형 비행기가 날아올랐을 때 셔터 소리가 가장 성대했다.

벤치에서 도시락을 먹고 있으면 고양이가 올지도 모른다고 기대했건만 그런 일은 일어나지 않았다. 영업사원이 이야기했던 등나무를 발견하고 그 밑에 잠시 앉아 보았지만 공중화장실 냄새만 났다.

아까 검은 고양이가 버스를 세운 지점까지 다시 가보기로 했다. 횡단보도 저편에 폭신폭신하고 동그란 회색 물체가 보인다. 자세히 보니 장모종 고양이었다. 무척 더러웠다. 엉덩이 쪽으로 다가가서 "너 정말 지저분하네"라고 말을 거니, 야옹, 야옹, 하고 작은 소리로 대답한다. 조금 더 다가가도 도망가지 않는다. "사람한테 익숙하구나"라고 소리 내어 말하며 교류를 시작했다. 고양이가 느릿느릿 걷기에 나도 그뒤를 따랐다.

누군가가 고양이에게 밥을 주었는지 빈 과자 깡통이 하나 놓여 있었다. 내게 그걸 보여주려 했던 걸까? '여기에 밥을 넣어줘'라고 말하고 싶었던 걸까? 사람에게 길들여진 고양이와 야생 고양이는 사람을 대하는 태도가 완전히 다른데, 이 긴 회색 털과 부드러운 태도를 보면 아마도 사람과 함께 산 적이 있는 것 같다. 회색 고양이는 난롯가의 방석에 앉아 먹을 것을 꺼내주는 할머니 같은 표정으로 가로수 아래 분꽃 뒤쪽에 차분하게 자리를 잡고 몸을 웅크렸다. 나무줄기엔 발톱으로 긁어놓은 흔적이 있었다. 솜먼지처럼 뭉쳐진 털이 한 움큼씩 풀숲 안에 떨어져 있기도 했다.

고양이가 좋아하는 장소인 모양이다. 회색 고양이는 분꽃 뒤에서 작은 소리로 또 야옹, 야옹, 울었다. "천천히 놀다 가세요. 나의 우아한 모습을 마음껏 바라보세요"라 고 말하는 듯하다. 나는 왠지 고양이의 집에 초대받은 것 같은 기분이었다. 줄곧 함께 있고 싶다. 고양이를 보고 있으면 기분이 좋아지니까. 아무리 봐도 질리지 않는다. 그렇기 때문에 떠나려면 뭔가 이유를 만들어야 한다. 나 는 다음 고양이를 찾으러 떠나야 했기에, "자, 그만 가야 지"라고 소리 내어 말하면서 일어났다.

빨리 가야 할 이유는 없지만 해가 지면 고양이를 찾기 힘들어지므로 그렇게 여유를 부릴 수는 없었다. 그런데 그만 길을 잃고 말았다.

자동판매기가 마치 등대처럼 쓸쓸하게 빛난다. 트럭 이 거대한 공장으로 후진하여 뭔가를 옮긴 후로는 주위 에 아무것도 움직이는 게 없다. 익숙하지 않은 공장 이름 만 가득한 안내판에 의지하여 버스길로 돌아오려는데, 또 횡단보도 맞은편에 꼼지락꼼지락 움직이는 두 개의 작은 그림자가 보였다.

이 사람, 또 횡단보도 너머 고양이 발견! 이렇게 딱 좋은 타이밍에 고양이가 매번 나타나다니, 이거 너무 잘 만들어진 이야기 아닌가……라고 생각할지 모르지만, 이 섬은 좁은 면적에 비해 횡단보도가 많다. 나중에 안 사실이지만 이 섬에서 지내는 고양이 수도 상당하여, 횡단보도와 고양이라는 조합이 쉽게 탄생할 수 있는 여건이 이미 조성되어 있었다. 이걸 잘 만들어진 이야기라고 생각하는 사람은 이 세상에 자기가 아는 것보다 훨씬 많은 횡단보도가 있는 지역이 예외적으로 존재한다는 사실을 믿지 못하는 가엾은 사람이다. 내 마음에 동정심이 가득 차오른다……. 내가 지금 무슨 말을 하는 걸까요?

횡단보도 건너편의 고양이 두 마리가 하얀 접시에 코를 박은 걸 보니 어쩐지 밥을 먹고 있는 모양이다. 눈을 야간 모드로 바꿔 게슴츠레 응시하니 옆에 여자와 남자가 서 있는 게 보였다. 고양이도 두 마리가 아니라 대여섯 마리였다. "사진 찍어도 되나요?"라고 물으니 "고양이 좋아하세요?"라고 되물으며 여자가 미소 짓는다. 마음이 따스해진다. 고양이를 좋아한다고 해서 누구하고든 대화를 나눌 수 있는 건 아닌데, 왜 그런지 안심이 되면서 기분이 편안해졌다. "네, 정말 좋아해요"라고 크게 대답했다. 더 자세히 보니 도로 맞은편에서 눈치를 살피는 고

횡단보도만 건너면 바다.

양이도 있었다.

공장 안에서도 고양이가 나오자 여기저기서 밥 쟁탈
전이 벌어진다. 비교적 강한 아이들이 으르렁거리며 그
릇을 독차지한다. 여자는 밥을 얻지 못한 순한 고양이들
을 위해 근처에 세워둔 라이트밴으로 가서 그릇에 먹이
를 더 담아가지고 나와 모두에게 골고루 나눠주었다.

"평일에는 공장 사람들이 밥을 주니까 괜찮은데, 휴일
엔 아무도 없거든요. 그래서 우리가 밥 주러 와요."

"오호, 공장 사람들이 밥도 주나요?"

"네, 60만 엔짜리 고양이도 있어요. 고양이가 트럭에
치여 크게 다쳤는데, 수술비로 60만 엔이나 들었나봐요.
그래서 60만이라 불러요."

"큰 수술이었나봐요."

"광장 저편에는 털이 굉장히 길고 비싸 보이는 고양이
가 있는데요, 그 아이가 보스예요. 그쪽은 다른 사람이
주기 때문에 우리는 안 가요."

함께 있는 남자가 남편이라는 건 두 사람의 행동으로
도 알 수 있었다. 주말마다 남편이 운전하여 이곳까지 고
양이 밥을 주러 온다고 한다.

"이 부근에 고양이가 많나요?"

"네, 많아요. 바다 쪽은 보셨어요? 바닷가 공장에 스무 마리나 있어요. 같이 보러 갈래요?"

"그래도 될까요?" 나는 말이 끝나기가 무섭게 밴에 훌쩍 올라탔다.

그러고 보니 10년 전 코펜하겐에 갔을 때 우연히 만난 일본 남자와 대화를 나눈 적이 있었다. 오랫동안 타지에서 생활하며 교회 음향에 대해 연구해왔다는 말에 흥미를 느끼고 그 사람의 아파트까지 따라갔다. 홍차를 대접해주고, 굉장히 비싸 보이는 클래식 기타도 연주해주고, 게다가 "오랜만에 일본인이랑 이야기하니 정말 좋네요"라며 기뻐해주었다. '이런 일도 있구나, 일본에선 절대 있을 수 없는 일이지' 하면서 '세계 우루룬 체재기(世界ウルルン滞在記, 일본에서 방송된 세계 기행 다큐멘터리 형식의 TV 프로그램—옮긴이)'에 출연한 듯한 기분으로 숙소에 돌아온 기억이 문득 떠올랐는데, 하지만 여기는 틀림없는 도쿄도 ××구.

이대로 어딘가에 끌려갈지도 모른다는 불안감은 조금도 없이 감사히 차를 얻어 탔다. 이 부부가 만약 인신매매범이라면 이렇듯 완벽하게 고양이 밥까지 준비했을 리가 없고, 여기저기 고양이가 있는 곳을 알고 있을 턱이 없으며, 무엇보다 이렇게까지 치밀하게 위장하지는 못하리라 생각했다. 그리하여 나는 오늘 처음 보는 부부를 따라 다음 고양이 집합소로 향했다.

"늘 오던 커플, 오늘도 왔을까?"라며 부인이 주위를 둘러본다. 그 커플이 먼저 와서 밥을 줬다면 또 줄 필요가 없기 때문이다. 공장 문 앞에서 "얘들아, 밥이야"라고 부르니, 여기저기서 고양이가 나타나 하나둘 접시에 얼굴을 묻는다. 빈 그릇을 놔둘 수는 없어서 고양이가 전부 다 먹을 때까지 기다려야 했다. 겨울에는 힘들 것 같다. 이제 '60만 고양이'를 보러 갈 차례. 공장 울타리 부근에서 "여기, 밥 왔어"라고 부인이 소리를 지르니, 마치 기다렸다는 듯 탄탄한 체격의 삼색 고양이가 나타났다. 이 아이가 60만이라고 하는데, 정말로 큰 수술을 받은 아이가 맞나 싶을 만큼 튼튼해 보였다.

60만은 다른 고양이의 얼굴을 탁탁 때리면서 근처에 얼씬도 못하게 했다. 아무도 덤비지 못할 최강의 고양이다. 부인이 밥을 더 부어주려고 손을 내밀었는데도 꺄옹, 하고 위협하고, 위협하면서도 밥 먹는 것을 멈추지 않는다. 강하다. 짐승다운 모습이 눈부시다. 귀 안도 손발도 더럽다. 길고양이다운 날카로움이 감돈다.

"수술한 아이 같지 않네요."

"그렇죠? 이 고양이한테 돈을 60만 엔이나 들였다니 믿을 수 없어요. 이 공장에 다니는 아저씨한테 들은 건데, 혹시 나랑 이야기 한번 해보고 싶어서 거짓말한 걸까요?" 부인의 말꼬리에 "우후후"가 붙은 듯한 느낌을 받았다.

60만의 방해로 아직 밥을 먹지 못한 나머지 두 마리를 위해 부인이 그릇을 땅에 두자, 둘이 즉각 자리를 잡고 열심히 먹기 시작한다. 그릇 홈에 끼어 아무리 핥아도 빠져나오지 않는 생선살은 어떻게 먹나? 놀랍게도 여기 고양이들은 앞발로 긁어내어 혀로 가져갔다. 나도 덮밥 그릇에 남은 마지막 밥알을 숟가락과 손가락을 동시에 이용하여 먹는데, 고양이도 그런 요령을 부릴 줄 알았다.

네번째 장소는 공장 건물과 시커먼 침엽수만 우뚝 서 있는 곳이었는데, "얘들아" 하고 아무리 불러도 한 마리도 나오지 않았다. 사람도 없고 기계마저 멈추니 공장은 그저 거대한 쇳덩어리에 불과했다. 여기 우리가 있다는 사실이 오히려 부자연스럽게 느껴질 정도였다.

이 섬은 저녁이 되면 고양이와 공장 경비원만의 세계가 되었다. 고양이는 이런 데서 참 잘도 사네 싶지만 그

건 인간이 살 만한 장소가 아니라는 말밖에 안 된다. 공
장은 기계에서 나오는 열 때문에 24시간 따뜻할 것이다.
낮에는 공장 사람들에게 귀여움을 받고 공장이 쉬는 날
엔 일부러 밥을 주러 오는 사람들도 있으니, 여기도 고양
이에겐 살기 좋은 장소일지 모른다고 멍하니 생각했다.

　"우리도 모두 집에 데리고 가고 싶지만, 고양이를 좋아
하지 않는 사람도 있으니 불가능한 일이죠. 이렇게 굶주
리는 걸 보면 가엾어서 자꾸 밥을 주러 오게 돼요. 자기
만족이라고는 생각하지만."

　부부가 밥을 주기 시작한 건 3년 전부터라고 하는데,
오로지 자기만족을 위해서였다면 3년이나 계속할 수 있
었을까? 이날 부부는 더할 나위 없이 섬세하게 고양이들
을 챙겼다. 고양이를 싫어하는 사람과 한 번도 만나지 않
은 건 운이 좋아서일 수도 있지만, 불평을 늘어놓을 것
같은 사람이 오면 슬쩍 피했고, 고양이 그릇이 치워진 곳
에는 다시 두지 않았고, 나에게 이 활동에 대해 이야기할
때에도 필연적인 이유를 납득이 가도록 설명했다. 이 모
든 행위는 밤이 되면 인간이라곤 공장 경비원밖에 없는
이 도쿄 구석에서 남몰래 이루어지고 있었다.

　구석이라는 장소는 신비롭다. 베란다에서 이불을 말

내일은 공장 사람들이 밥을 줄 거야.

릴 때 내 머리 위로 지나가는 비행기는 모두 이곳 도쿄
만 구석의 활주로에서 날아오른 것이다. 매일같이 내놓
는 쓰레기도 도쿄 구석에서 처리되고, 뭔지 모르는 공업
기술을 구사하는 공장 안에서는 무언가에 도움이 되는
제품이 밤낮으로 제조되고 있다. 구석은 농밀한 곳. 반드
시 필요한 것이 남몰래 이루어지는 장소이다.

멍하니 그런 생각을 하는데 부인이 자판기에서 캔커
피를 뽑아주었다. 남편은 물휴지를 건네주었다. "저쪽은
안 찍어요?"라고 몇 번이나 도쿄 만의 야경을 가리키며
묻는 게 우스웠다. 그러면서도 이름은 서로 묻지 않았다.
"고양이 또 보고 싶으면 메시지 주세요" 하고 전화번호는
가르쳐주었지만. 그리고 역까지 데려다주었다.

차에서 내렸을 때 나는 굉장히 배가 고팠다. 역 건물에
베이글 가게가 있기에 그곳으로 뛰어들어 훈제연어 베
이글 샌드위치를 덥석덥석 먹어치웠다. 왠지 나, 꿈속에
있다가 방금 현실로 돌아온 느낌. '아, 정말 좋은 시간이
었다'라고 베이글을 씹으며 진심으로 생각했다.

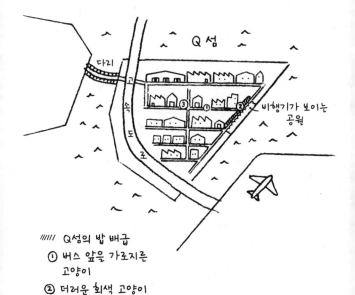

Q섬의 밥 배급

① 버스 앞을 가로지른 고양이

② 더러운 회색 고양이

③ 밥을 나눠주는 부부

뇌 과학자가 기르는
마법의 고양이

비 내린 다음날의 스미다가와(隅田川)는 회색 수면이 높
아져 마치 부풀어오른 고무처럼 흔들렸다. 나는 지금 스
미다가와를 따라 걷고 있다. 관련 업자 외엔 들어갈 수 없
는 장난감 도매상도 보이고, 산더미처럼 쌓인 골판지 상
자 틈으로 책상 앞에 앉아 일하는 사람들도 보였다. 그런
광경이 왠지 신기하여 천천히 구경하며 산책이라도 하고
싶은데, 나는 지금 약속 시간에 늦었다. 도매상 거리에서
빠져나와 중소기업 같은 건물과 주택 같은 아파트가 섞
인 마을 안을 종종걸음으로 나아간다. 오늘은 뇌 과학자
인 구로카와 이호코(黒川伊保子) 씨 집에 고양이를 보러 가
기로 했다.

구로카와 씨는 '어감'이 사람에게 주는 인상을 분석하
고 연구하는 과학자이다. 인공지능 개발에 참여했을 때
로봇이 하는 말이 사람에게 엄한 인상을 주는 이유에 대
해 연구하면서, 말할 때의 어감이 듣는 사람의 감정을 좌
우한다는 사실을 최초로 발견한 사람이다. 그 이론을 활
용한 예로 상품을 판매하기 위한 광고 문구를 들 수 있

다. 우리는 슈퍼마켓에서 물건을 살 때 라벨이나 POP카드를 보고 '왠지 좋은 느낌'이어서 수많은 상품 중 하나를 선택하곤 한다. 그 순간의 '왠지 좋은 느낌'은 '왠지'가 아니라 상품 제공자가 완벽하게 의도한 '좋은 느낌'일 수 있다. 구로카와 씨는 좋은 기분이나 느낌을 이렇듯 과학적인 방법으로 전달할 수 있다고 한다.

나도 슈퍼마켓 진열대 앞에서 무의식중에 뇌를 조종당하여 수없이 지갑을 열었을 것이다. 이런 식으로 사람의 마음을 움직이는 기술을 연애에도 활용할 수 있다고 한다. 구로카와 씨는 그런 내용이 담긴 연애 서적을 몇 권이나 썼다. 그 책들에 '품위 있고 요염한 도시 여자의 언행'에 대한 글이 가득했다는 사실이 떠오른 순간, 나는 고개를 푹 숙이고 뒤돌아 다시 나오고 싶어졌다.

내 말투에서 배어나오는 결핍이나 과잉을 모두 분석당할지도 모른다고 각오하고 진찰대에 오르는 듯한 기분으로 구로카와 씨를 만났다. 사실은 그런 하찮은 걱정보다, 구로카와 씨가 고양이를 기른다고 귀띔해준 담당 편집자 S씨의 말이 귓가에 맴돌아 미칠 지경이었다. 아래는 S씨가 한 말이다.

"구로카와 씨의 중3 아드님이 고양이를 굉장히 좋아

하는 모양이에요. 우리 야옹이가 세상에서 제일 귀엽대요. 그런데 취재는 싫다고 하네요. 얼굴이 알려지면 유괴될지도 모른다고요!"

요즘 중학생을 만나본 적이 없어서 잘 모르지만, 이렇게 멋진 말을 하는 남학생이 있다니……. 고양이를 좋아하는 남자아이를 만나면 너무 기뻐서 "너, 장래성이 있네. 아무쪼록 이대로 잘 크기를……." 하고 응원하게 된다. 그리하여 아드님 사진은 찍지 않겠다고 약속한 후에 야 고양이를 만나러 갈 수 있었다.

구로카와 씨 집에 도착했다. 구로카와 씨는 남편과 아들 유키 군 그리고 시나몬(6세, 암컷)과 함께 아파트에 살고 있었다. 현관 신발장 위에 유키 군이 나뭇가지로 만든 장식품과 고양이 그림이 걸려 있다. 방 한가운데에 놓인 큼직한 식탁 위엔 컴퓨터와 서류들이 난잡하게 흩어져 있다. '책상 위가 어지러운 사람은 머릿속도 어지럽다'는 속설은 맞지 않는 경우도 많은 것 같다. 남편 물건, 아들 물건, 구로카와 씨 물건이 모두 한 방에 섞인 것을 보니 늘 가족이 모여서 무언가를 하는 모양이다. 편안한 둥지 같은 집이다.

"시나몬은 여기예요."라며 구로카와 씨가 일본식으로

꾸며진 옆방으로 안내했다. 시나몬은 상 위에서 낡은 시
트를 덮고 편안하게 숙면중이었다. 귀가 눌려 찌부러졌
지만 털이 길고 비싸 보이는 고양이라고 생각했더니 스
코티시 폴드 종이었다.

"같이 살아준다는 느낌이네요."

고양이는 주인이 쓰다듬어도 짜증을 내고, 늘 '위에서
내려다보는 시선'으로 인간을 대한다.

구로카와 씨는 "이제 고양이가 없는 생활은 상상할 수
도 없어요"라고 말한다.

시나몬은 크리스마스이브에 구로카와 씨의 가족이 되
었다. "11월 말에 아들이 크리스마스 선물로 강아지나 고
양이를 사달라는 거예요. 해질 무렵에 방에 불도 안 켜
고 내가 퇴근하기를 혼자 기다리는 아들이 너무 외로워
보여서, 강아지나 고양이가 있으면 좋을지도 모르겠다
고 생각했답니다. 처음엔 어떻게 기르나 싶었는데, 반려
동물 가게에 가서 이 아이와 눈이 맞아 바로 데리고 왔지
요." 가게 유리를 사이에 두고 시나몬과 처음 만났을 때
아들이 눈물을 흘리더란다.

"반려묘는 처음이라 익숙해지기까지 힘들었어요. 고
양이는 참 신비로운 동물인 것 같아요. 조금 전까지 바로

옆에 있다가도 잠시 한눈파는 사이에 감쪽같이 사라져
요. 세탁기 안에 있나 싶어서 손을 넣어 찾다가 다친 적
도 있어요. 남편이 대나무로 만든 활을 시나몬이 장난치
다가 부수는 바람에 결국 자기 장난감이 된 적도 있죠.
이런 식으로 우리집은 서서히 고양이에게 점령당하고
말았어요."

구로카와 씨 같은 과학자도 고양이에게 지는구나? 나
는 기뻐서 자꾸 웃음이 나왔다.

현관에서 "배달 왔습니다!" 하고 외치는 소리가 들렸
다. 점심시간이라 구로카와 씨가 메밀국수를 주문한 것
이었다. "유키! 좀 도와줘"라고 구로카와 씨가 부르니 아
드님이 안쪽 방에서 나온다. 국수가 식탁에 차려지고, 다
함께 식사를 즐겼다. 유키 군은 나서서 이야기하는 성격
은 아니었지만 미소로 마음을 전달할 줄 아는 아이였다.
구로카와 씨가 "나는 길고양이 말을 할 줄 알아"라고 하
니 고개를 옆으로 기울이고 싱글싱글 웃는다. 시나몬은
자기도 섞이고 싶은지 어슬렁어슬렁 방에서 나와 기분
좋은 듯 식탁 다리에 몸을 비볐다. 발냄새를 하나하나 점
검한 후 한걸음 물러서더니 우리를 가만히 지켜본다.

"귀가 가렵나봐. 면봉으로 닦아줘"라고 하며 구로카와

끈이 머리에 떨어져 깜짝 놀랐다.

해질녘의 다다미방.

씨가 면봉을 꺼내자 유키 군이 시나몬을 안아올린다. 시
나몬은 면봉이 자기 귀로 다가오니 몸을 딱딱하게 굳히
고 발톱을 내밀어 유키 군의 어깨에 매달린다. "무서운가
봐요. 사람도 귀를 잡아당기면 아픈데"라고 유키 군이 시
나몬 편을 든다. '그렇게 갑자기 넣으면 아프잖아'라는
듯, 면봉만 봐도 귀 청소 시간이라는 걸 눈치채는 시나
몬. 고양이 밥그릇으로 돌진하는 시나몬을 보고 유키 군
이 "밥 먹을 땐 안 건드린다는 걸 아나봐"라고 웃으며 말
했다. 시나몬은 이 집의 분위기 메이커였다.

　창문을 통해 들어오는 햇살이 훈훈하고 따스하다. 유
키 군은 모의고사 준비를 해야 한다며 자기 방으로 들어
갔다. "고양이를 기르길 잘했어요. 작은 생물이 배탈 난
걸 보고 애태운다든지, 그런 경험이 아들에게 필요한 것
같아요"라는 구로카와 씨의 이야기를 들으며 나는 국수
를 후루룩거렸다.

　구로카와 씨가 연애에 대한 고민을 과학적으로 해결
하는 사람이었다는 사실을 떠올리고 "고양이가 연구에
도움이 된 적이 있나요?"라고 물어보았다. 그렇게 말한
순간, 이것이야말로 오늘 내가 가장 묻고 싶었던 질문이
라는 걸 확실히 깨달았다.

"글쎄요, 고양이는 원래 사냥을 하는 동물이라 인간이 자기 밥을 챙겨주는 것에 수치심을 느끼는 것 같아요."

아, 그런 게 아니라, 동물의 구애 행위와 인간의 연애를 비교 분석한다든지……

"고양이는 집 안에서 가장 쾌적한 장소를 알고 있어요. 그래서인지 고양이랑 같이 자면 왠지 좋은 '분위기'에 감싸이는 것 같아요. 고양이의 모습에서 '편안함'을 느껴요. 분위기를 통해 자기 기분을 전달할 수 있다는 사실을 고양이에게 배웠는지도 모르겠어요. 존엄함과 우아함을 고양이가 어떤 식으로 표현하는지 분석해보면 배울 만한 게 있을 것 같아요."

이렇게 우리가 이야기하는 동안에도 시나몬은 내내 배를 내밀고 상 위에 드러누워 있었다. 자는 척하면서 귀여운 귀를 이쪽으로 쫑긋 세우고 한마디도 놓치지 않는다. 왠지 우리를 뒤에서 조종하는 것 같다. 고양이는 굳이 말을 하지 않아도 그저 그 자리에 존재하기만 해도 원하는 것을 얻을 수 있는 마법의 생물이었다.

고양이에게 매료된 인간은 고양이 울음소리나 몸짓 하나하나에 의미를 부여하며 일희일비한다. "야옹" 하고 한 번 울기만 해도, 밖에 나가고 싶어? 목말라? 하면서 필요한 것을 미리 앞서서 충족해주고, 고양이와 마음이 통했다며 만족스러워 한다. 말이 아닌 다른 수단을 통해 받아들인 의미는 마음의 어느 부위에 새겨지는 걸까? 그걸 알아야겠기에 나는 오늘도 고양이를 가만히 바라본다.

자, 이제 어디로 가볼까?

절 고양이의
연속적인 도발에 당황

가마쿠라 해안 가까이에 있는 절에 왔다. 되도록 일찍 나서려고 했는데 늦잠을 자는 바람에 점심시간이 지나서야 출발했다. 오늘은 미술관 관람도, 큰 불상 구경도, 디저트 가게 순례도, 헌책방 방문도, 잡화점 쇼핑도 모두 참아야 한다. 늦은 가을부터 겨울까지는 고양이 찾기가 아무래도 힘들다. 고양이가 슬슬 활동하기 시작하는 시각이 오후 네시 무렵인데, 그때부터 찾는다 해도 30분만 지나면 해가 져버린다. 이럴 때는 고양이가 있는지 없는지 일단 가봐야 알 수 있는 곳이 아니라, 가면 반드시 볼 수 있는 곳으로 가야 한다. 그리하여 나는 고양이로 유명한 가마쿠라의 절에 가보기로 했다.

그곳은 고양이가 스무 마리 가까이 상주하는 곳으로, 고양이를 좋아하는 사람들 사이에선 제법 유명한 절이다. 정문을 지나면 '동물영당(動物靈堂)'이라 새겨진 커다란 비석이 있고, 탑이 그 주위를 빙 둘러싸고 있다. 체리, 치로, 이브, 쇼봉, 무크, 미케, 리본…… 세상을 뜬 고양이와 개의 이름들이다. 아직 신선해 보이는 새 꽃다발도 놓여 있었다. 넓은 경내를 둘러보는데, 갓 자라기 시작한 뱀밥처럼 고양이가 쏙, 쏙 나타난다. 그중에서 커다랗고 하얀 고양이가 나를 향해 일직선으로 다가온다. 뭘 원하는 거니? 나한텐 먹을 게 없는데. 내 냄새를 한참 동안 맡더니 그냥 돌아갔다. '이 사람한텐 먹을 게 없어'라고 곧 간파한 모양이다.

정문 기둥 아래에 갈색과 검정이 섞인 얼룩 고양이가 졸고 있다. 그러다 걸음을 내딛기에 나도 살짝 따라가보았다. 벽을 따라 걷다가 작은 오두막 뒤로 돌아가기에 고개를 내밀고 봤더니 뒤쪽 벽에 베니어판이 세워져 있고 그 안에서 다른 고양이가 걸신들린 듯 밥을 먹고 있다. 얼룩 고양이는 순서를 기다리는지 1미터 정도 떨어진 곳에 앉았다. 잠시 후 불안해하며 엉덩이를 들썩거리더니, 두세 걸음 앞으로 나아가 다시 예의 바르게 앉는다. 조금 있으니 또 엉덩이를 들썩거리며 두세 걸음 전진한다. 이 고양이는 먼저 먹고 있는 아이보다 손아래일까? 자리를 쟁탈하려는 투쟁심이 애초에 없는 걸까? 밥을 언제든 먹을 수 있으니 다들 통통하게 살이 쪘다. 이 절의 고양이들은 모두에게 보호받고 있었다.

돌과 모래로 산수를 표현한 정원에 햇살이 들어 하

얀 자갈로 이루어진 시냇물이 부드럽게 빛났다. 본당 뒤로 산이 보이고, 목이 긴 커다란 새가 훨훨 내려앉아 "까옥~" 하고 울었다. 정원을 구경하러 온 여대생으로 보이는 두 사람이 본당 툇마루에 걸터앉아 작은 소리로 나누는 내면적인 이야기가 내 귀에도 들린다.

정원을 찬찬히 둘러보기로 했다. 정원 구석의 창문처럼 뚫린 입구 가장자리에 쭈그리고 앉으니 정원 안에 있던 하양감장 고양이가 나를 향해 일직선으로 다가온다. 정원을 가로질러 입구에서 빠져나와 내 윗옷의 끈을 탁 탁 치는가 싶더니, 갑자기 내 무릎으로 훌쩍 뛰어올라 옷 안으로 몸을 들이민다. 아기 고양이도 아니고 커다랗게 자란 고양이였다. 무거운 몸을 나에게 쿵쿵 부딪치며 옷 안으로 파고드는 걸 옆에서 다른 줄무늬 고양이가 가만히 쳐다본다.

옛날에도 이런 적이 있었다. 시골에 갔을 때 어느 개가 유독 나를 따르고 허벅지에 딱 달라붙어 몸을 비벼댄 적이. 정원을 바라보며 이야기를 나누던 두 여성이 이쪽을 보고 웃는다. 고양이가 좋아해주니 기쁘긴 하지만, 좀 창피하다. "자, 이제 내려가자." 묵직한 고양이를 안아서 내려주었다. 내가 몸을 추스르는 사이에 또다른 고양이가

당신의 무릎은 내가 정복했어!

이 남자는 매일 정복당하러 와.

무릎에 올라탄다. 뭐지? 이 인기는. 이 아이도 마찬가지로 윗옷 안으로 파고들며 내 허벅지를 치마 위에서 꾹꾹 밟는다.

이 부드럽고 미묘한 압박감. 규칙적인 리듬. 어미 고양이의 젖을 빨던 시절이 떠올라서 어리광을 부리고 싶어진 걸까? 뇌쇄적인 몸짓이다. 고양이가 자꾸 올라타서 창피하지만 좀처럼 겪을 수 없는 희귀한 일이므로 한참을 가만히 있었다. 무거워도, 벼룩 알이 있어도 상관없다. 눈물나게 기쁘다. 지나가는 사람이 멈춰 서서 '어?' 하는 표정으로 보기에 '그러게 말이에요'라는 듯 난처한 척 미소 지었지만, 들어보니 이 절에선 고양이가 사람 무릎 위에 올라타는 것 정도는 신기한 일도 아닌 모양이다.

절 구석에서 고양이를 무릎에 앉히고 한가롭게 시간을 보내는 동안, '이 모습을 사진에 담아야 하는데'라는 생각이 퍼뜩 들어 조바심이 났다. 앉은 채 몸을 뒤로 젖히고 카메라를 든 손을 최대한 들어올리는데 백발의 아저씨가 "재주도 좋네" 하고 말을 걸어왔다. "이 정원은 산손고소(三尊五祖)라고 하여, 정토종의 정원을 표현한 거야. 한가운데 있는 돌은 아미타불, 옆에 있는 것이 관음보살" 하면서 설명이 끝이 없다. "오호, 그런가요?"라고 대답하는 동안, 내 무릎 위에 있던 고양이가 김칫돌처럼 몸을 동그랗게 말고 잠들어버렸다. 허벅지에 피가 통하지 않아 다리가 저려왔다. 어릴 때 이와 비슷한 장면을 텔레비전에서 본 적이 있지 않았던가? 〈게게게의 기타로〉에서. 하반신이 그루터기가 되어 뿌리가 자라 움직일 수 없게 되는 요술.

멍하니 그런 생각을 하는데 "아, 정원 사진을 찍는 게 아니구나. 고양이를 찍고 있었네"라고 한다. 드디어 눈치를 채주신 건가? "네. 이 자세로는 찍기 힘드네요"라고 하니 아저씨가 "누르기만 하면 돼?"라며 셔터를 눌러주었다. 아저씨, 감사해요.

고양이는 따뜻하지만 무겁다. 바다도 아니고 산도 아닌 인간의 무릎에 자기 몸을 완전히 맡기다니, 고양이란 존재는 도무지 알 길이 없다. 혹시 어딘가에 숨어 사람을 평가하고 있는 건 아닐까? 착해 보이는 사람한테만 다가가고, 위험한 파동이 느껴지는 사람은 피하고? 내 무릎에 올라와주다니 나는 뭐 황홀하긴 하지만⋯⋯. 그러는 동안 '고양이 몰래 행동을 관찰한다'는 스토커 본래의 목적을 까맣게 잊고 말았다.

정문 문턱에서 주차장 쪽을 멍하니 바라보는 고양이

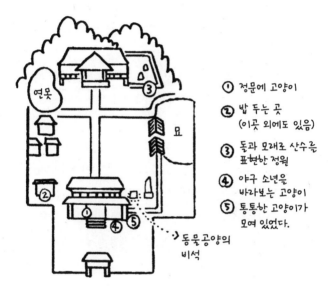

① 정문에 고양이

② 밥 두는 곳
(이곳 외에도 있음)

③ 돌과 모래로 산수를
표현한 정원

④ 야구 소년을
바라보는 고양이

⑤ 통통한 고양이가
모여 있었다.

동물공양의
비석

가 있었다. 주차장에서 야구 연습을 하던 아이들이 저마다 자전거를 타고 돌아간다. 정문을 나서자 포동포동한 고양이 네 마리가 먼 곳을 응시하며 정원의 보살 돌처럼 서 있었다. 나처럼 고양이를 보러 온 남자가 "이 아이들은 밥 줄 사람을 기다리는 거예요"라고 한다. 밥은 경내에 얼마든지 있는데? 언제든 배불리 먹을 수 있는데? 고양이는 별 뜻 없이 그러고 있을 뿐인지도 모른다. 길고양이가 되어 여기로 흘러들어와 밥을 계속 얻어먹는 동안, 이 자세가 몸에 밴 것인지도…….

마침내 주위가 어두워졌다. 절에 개를 산책 삼아 데리고 나온 사람이 나에게 "수고하십니다"라고 인사하며 지나간다. 고양이를 돌보는 자원봉사자라고 생각한 걸까? 고양이를 좋아하든 아니든 서로를 배려하며 함께 잘 지내는 절인 것 같다. 고양이는 그 은혜를 마음껏 누리고 있다. 그리고 나도.

【절 고양이에 관한 비망록】

- 순서를 기다린다.
- 사람을 전혀 무서워하지 않는다.
- 무릎에서 내리려 해도 발톱 하나 세우지 않는다.

- 정문 안쪽 천장에 사는 고양이도 있다.
- 잿날 후로 두 마리가 사라졌다고 한다.

귀갓길의 전철은 텅 비어 있었다. 전철을 타고 있으면 이따금 '기잉' 하는 소리가 들리는데, 꼭 고양이가 뭘 해 달라고 조르는 소리 같다. 그렇게 들리는 건 비단 나뿐만 이 아닐 것이다.

수수께끼의 고양이 신사와
렛츠 스토킹

"수염 참 멋지구나. 그런데 수염 때문에 입이 잘 안 다물어지네."

쭈그리고 앉아서 아파트 주차장으로 도망친 고양이와 시선을 맞추고 말을 거는데, 내 것보다 수십 배 훌륭한 카메라를 든 신사가 내 옆으로 다가와서 촬영 자세를 취한다. "오오, 귀엽다. 참 예쁜 고양이네" 하고 파인더 너머로 칭찬을 퍼붓는다. 고양이를 많이 찍어본 사람일까? 나는 즉각 질문을 던졌다.

"그 카메라 굉장하네요. 어떻게 찍는 거예요?"

"아, 이거, 그냥 디지털카메라예요. 그쪽도 고양이 사진 찍으러 다녀요? 나랑 똑같네."

아저씨의 카메라엔 파인더가 여분으로 하나 더 달려 있었다. 독창적으로 개조했다고 한다. 스위치를 켜면 집에서 기르는 사랑스러운 하얀 고양이 사진이 언제 어느 때든 뜨도록 되어 있었다.

"고양이 사진은 왜 찍어요? 직업이 그쪽 관련인가? 많이 찍었어요? 야나카(谷中)에는 가봤어요?"

연이은 질문에 대답하다보니 왠지 예전부터 알던 사람처럼 느껴져서 "오늘은 이 부근을 걸으실 거예요? 같이 가도 되나요?"라는 말이 튀어나와 얼떨결에 따라다니게 되었다.

긴자의 어떤 상점가를 아저씨와 둘이 걷는다. 아저씨는 가게와 가게 사이에 틈을 발견할 때마다 고양이의 모습을 찾아 허리를 굽히고 자세히 들여다본다.

"항상 이렇게 하세요?"

"이런 데 잘 있으니까요."

말이 떨어지기가 무섭게 또 고양이 발견! 이분을 만나기 전에 나 혼자 상점가를 세 바퀴나 돌았다. 그때는 고양이를 단 한 마리도 보지 못했다. 세 바퀴나 돌았는데 한 마리도 못 찾다니, 라며 좌절하려던 순간, 주차장으로 도망가는 고양이를 가까스로 발견했는데, 이 아저씨는 너무나 쉽게 고양이가 있는 장소를 척척 찾아낸다. 아저씨는 틈 안으로 스르르 들어가더니 고양이의 시선에 맞춰 자세를 낮추고 카메라를 들었다. '이 사람, 누구?'라는 듯 고양이가 쳐다본다. 나는 아저씨보다 앞으로 나가서는 안 될 것 같아 뒤에서 그 모습을 지켜보기로 했다. 뒷모습이 꼭 야구 심판 같다. "참 예쁜 고양이네. 그림이 될

햇볕 쬐는데 빤히 처다보니 여기까지 왔잖아.

함석지붕을 타고 사라졌다…….

만한 구도야." 고양이 두 마리가 서양배 모양으로 앉아 우리의 행동을 살피다가, 한 마리가 안으로 들어가자 다른 한 마리도 화분을 훌쩍 넘어 담의 갈라진 틈으로 미끄러져 들어갔다.

"실례지만 어떤 일을 하시는 분인가요?"라고 아저씨에게 물어보았다. "허허, 구체적으로 말할 순 없지만, 저는 어느 연구소 소속으로 국가의 주요 기밀에 관한 일을 하고 있어요. 그래서 이름을 알려줄 수 없는 거예요. 당신이 나한테 말 걸었을 때, 이 사람 괜찮을까? 생각했는데, 괜찮은 것 같네요."

앗, 나야말로 '이 사람, 카메라까지 개조하다니 괜찮은 사람일까?'라고 생각했거든요.

상점가를 쭉쭉 나아간다. 12월의 상점가는 크리스마스용 상품과 연말용 상품과 일반 상품이 뒤섞인 채 색다른 활기를 발하고 있었다. 상점가에 새로 생긴 가게에 진열된 번쩍번쩍한 귀금속이 더할 나위 없이 화려했다.

아저씨가 "주택가 쪽으로 가볼까요?"라고 제안했다. 내가 생각해도 고양이는 번화한 거리보다 좁은 골목길을 더 좋아할 것 같았다. 아저씨의 말을 선뜻 따르기로 했다.

여태껏 이런 길은 걸어본 적이 없다. 아저씨는 햇볕이 잘 드는 곳, 돌계단 위, 숨기 편한 장소 등, 고양이가 좋아할 만한 공간이라면 절대 그냥 지나치지 않았다. 아무리 사소한 것도 놓치지 않는다. 고양이를 철저히 아는 사람의 걸음걸이라고 할까? 나도 이 경로는 역에서 집까지 가는 지름길이기에 잘 알지만, 그냥 지나갈 뿐이었다. 익숙하지 않은 길에 들어서면 늘 보던 마을도 미지의 마을이 된다. 고양이를 찾아 걷다가 '오늘은 평소의 배 이상 걸었네' '꽤 멀리까지 온 것 같은데?'라고 어쩐지 불안한 마음이 들어 큰길로 나가보면 익숙한 교차로일 때가 많다. 그럴 땐 이미 알고 있는 곳인데도 고양이가 굉장히 먼 곳으로 안내해준 듯한 기분이 든다.

이미 알고 있다고 생각한 것들이 얼마나 좁은 범위 안에 있었던가? 고양이가 나의 딱딱하게 굳은 감각을 부드럽게 펴준 것이다. 지금 내가 알고 있는 것이 이 세상의 전부가 아니라는 당연하면서도 잊기 쉬운 진실을 고양이가 깨닫게 해주었다. 고양이 덕분에 내 마음가짐이 확실히 변했다.

완만한 비탈길이 나왔다. 그 길 꼭대기에 있는 집 담 위에서 얼룩 고양이가 안으로 들어가고 싶은지 창가에 아래턱을 비비다가 창틀을 뚫어져라 쳐다본다. "멋진 고양이야. 정말 귀여워." 아저씨는 고양이를 올려다본 채 혀를 츳츳츳 차면서 카메라를 들었다. 하지만 고양이는 무엇에 정신이 팔렸는지 이쪽으로 얼굴을 돌리려 하지 않는다. 저기 뭐가 있기에? 고양이의 시선을 따라가보니 그곳에 또다른 고양이가 한 마리 있었다.

　사람이 살지 않는 오래된 목조 주택. 유리창도 좁은 툇마루도 함석지붕도 처마도 모두 썩어서 무너지려 하고, 기둥은 서로를 떠받쳐 '사람 인' 자를 만들었다. 토방에 버려진 우편물과 전단지가 썩은 톱밥과 흙더미에 파묻힌 채 축축하게 젖어 있었다. 이런 집의 함석지붕 위에 태평스럽게도 고양이가 햇볕을 쬐며 졸고 있다. 부드러운 겨울 햇살이 고양이 털을 금색으로 칠했다. 반짝반짝…… 고양이는 무너져내릴 것 같은 지붕 위에서 기지개를 쭉 켜더니 늘어지게 하품을 했다. 끝이 젖혀진 함석에 오줌을 누더니 차양을 따라 계단을 내려오듯 탁탁탁 뛰어내려온다. 툇마루에 무사히 착지한 후 비스듬히 열린 문틈으로 들어가버렸다. 젖빛 유리 저편으로 고양이 꼬리만 하얗게, 마치 환상 속의 물건처럼 희미하게 비쳤다. "여기 사는 고양이인가? 이런 집은 금방 없어져버리

190

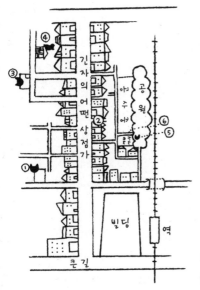

지붕 위에 있는
고양이의 움직임

① 입이 딱 다물어지지 않는
　고양이. 아저씨를 만나다.

② 서양배 모양 고양이

③ 단독주택에 있는 고양이를
　바라보는 고양이. 자기가
　주목 받지 않으면 사라진다.

④ 단독주택에 사는 고양이

⑤ 관음상

⑥ 예전에는 고양이가 다니는
　길이었다.

는데."

　관음상 쪽으로 가본다. 봄에 여기 왔을 때는 사람을 잘 따르는 통통하게 살찐 고양이들이 여기저기서 느릿느릿 걸어나왔는데, 옆 부지의 아파트 신축 공사 때문인지 고양이들의 모습이 점점 보이지 않게 되었다. 봄에 새하얀 고양이가 움푹 팬 바위에 쏙 들어가 둥글납작한 떡처럼 몸을 말고 자던 모습이 문득 떠오른다. 돌에 '봉납'이라는 단어가 새겨져 있었는데, 마치 고양이가 봉납된 듯 엎드린 모습이었다.

　경내에 떨어진 낙엽을 쓸고 있는 사람이 있어서 "여기 전에는 고양이가 많지 않았나요?"라고 물으니 "고양이한텐 관심이 없어서 잘 모르겠네······." 하고 외면했다. 아파트가 완성되고 마을 구성원이 바뀌면 이 관음상이 고양이 쉼터였다는 사실을 기억하는 사람도 점점 사라지겠지. 길고양이의 거처는 사막 안을 이동하는 오아시스처럼 쉽게 바뀐다. 그러나 이곳에서 고양이의 모습을 보지 못해 허무한 건 나 혼자만의 심경일 뿐, 쾌적한 장소를 찾는 게 최고의 특기인 고양이는 여기가 아니라도 전혀 상관없을 것이다. 그렇게 나 자신을 달랬다.

　꽤 오랫동안 아저씨와 함께 있었다. 아저씨는 헤어질

때쯤에야 어떤 연구를 하는지 슬쩍 귀띔해주었다.

"그래요?! 고양이가 연구에 도움이 된 적이 있나요? 고양이의 나긋나긋한 몸짓을 개발에 도입한다든지……"라고 물으니 "그런 일은 없을 거예요. 고양이처럼 잠만 자는 ×××가 생기면 큰일이잖아요"라고 웃어넘긴다. 그렇지요? 무엇도 하고 싶은 마음이 없어 보이는 특유의 표정이 고양이만의 장점이니까.

비오는 날은
고양이 가뭄 전편

비가 차갑게 내리던 날. 이날 반장은 수염 깎인 고양이 같았다. 간다가와(神田川)를 건너 세력권에서 벗어나니 감각이 조금 둔해진 듯 바로 말수가 줄었다.

반장은 이 마을 출신으로, 가업인 헌책방을 물려받아 생활하고 있다. 할아버지도 모르는 이 마을의 역사를 세세한 것까지 다 꿰뚫고 있는 사람이다. 마을에 난처한 상황이 발생하면 귀찮은 일을 모두 떠맡기도 한다. 그래서 나는 이 사람을 '반장'이라 부른다.

오늘은 간다가와 옆에 있는 신사에 가서 고양이도 보고 반장한테 이 주변 지역에 대한 이야기도 듣고 싶었는데, 간다가와를 중심으로 이쪽 지역은 그의 행동 범위에 포함되지 않는 듯 "이쪽은 나도 전혀 몰라"라고 하니 뭔가 순조롭지 않다. 멀리서 온 내가 앞장서서 걷고 있다.

그러고 보면, 사람의 감각이란 참 희한하다. 이 간다가와처럼 강이라든지 선로라든지 국도라든지 그런 것이 사이에 있으면 실제 거리는 그리 떨어져 있지 않아도 무척 먼 것처럼 느껴진다. 실제 거리로 따지면 자주 다니는 술집이 훨씬 멀 텐데 그보다 가까운 강 건너편에는 가본 적이 없다니……. 선이 그어져 있는 것 같아서일까?

비행기에서 내려다보면 거리 모양이 아메바처럼 찌그러져 있는데, 그건 어쩌면 우리의 신체가 느낀 것들에 의해 무의식적으로 생성된 형태일 수도 있다. '꼭 개미집 같다……'라는 쓸데없는 생각을 하며, 우산에서 떨어지는 빗방울에 젖지 않도록 몸을 잔뜩 움츠리고 걸었다.

일본 정원으로 유명한 공원의 기다랗게 이어진 담을 따라 고양이가 있는 신사를 향해 묵묵히 걷는다. 신발에 물이 흥건하다. 발톱 끝에서 허벅지 안쪽까지 냉기가 돈다. 그래도 참고 걷는데 무엇 때문인지 자꾸 화가 났다. 그러고 보니 아직 점심을 못 먹었네. 춥고, 배고프다. 머리 위로 화가 부글부글 끓어올라, 나는 그 감각을 지팡이 삼아 걸었다.

지루하게 긴 토담 끝에 다다랐을 때, '여기가 정말 도쿄?'라며 눈을 싹싹 비비고 싶어졌다. 시골티가 물씬 풍기는 신사. 풀숲에서 고양이 오줌 냄새가 희미하게 나는 것을 보니, 근처에 고양이가 있을 것 같다. 처마 밑에 있을까……? 없네.

"보통 이럴 때 차 밑에 있지 않나?"라며 주차장에 세워진 차 아래를 들여다보는데…… 없다.

"고양이들은 이렇게 비오는 날에 뭐하지?"라고 묻는 반장.

"저도 그걸 알고 싶어요. 분명 어딘가에 숨어서 우리를 지켜보고 있을 거예요."

신사는 절벽처럼 깎아지른 듯한 경사면 중간쯤에 있었다. 기둥문까지 가파른 계단이 쭉 이어진다. 두 그루의 커다란 은행나무가 문지기처럼 양쪽에 우뚝 서 있다. 떨어진 은행잎이 가파른 흙길을 노랗게 덮어, 맑은 날 햇빛이 들면 폭신폭신한 고양이 침대가 되어줄 것이다. 신사의 내력이 적힌 안내판을 읽어본다(괄호 안은 나의 감상).

- 건립 연도는 확실하지 않다. 에도시대 기록에는 등장한다. (왠지 소탈해서 좋네.)
- 물의 신이 제사 담당 신관의 베갯머리에 서서 "내 제사를 모시면 이 마을뿐 아니라 에도 전체가 평안할 것이다"라고 계시했다는 전설이 있다. (신관에게 직접 계시하다니 굉장하다.)
- 이 신사에 모신 신은 하야아키쓰 히코노미코토, 하야아키쓰 히메노미코토, 오진 천황.

- 이 부근은 전원 지대로서 맑은 간다 상류가 흐르고, 앞으로는 논이 펼쳐지고, 뒤로는 쓰바키야마(椿山), 서쪽으로는 후지 산의 모습도 보인다. 에도시대에는 행락지로서 번화한 마을이있다. (그 멋진 전망은 지금도 변함없다!)

영차영차 계단을 오르다가 뒤돌아보니 작은 공장이랑 민가가 모여 있는 마을의 모습이 한눈에 보였다. 도심까지 평평하게 뻗은 마을에 마음속으로 초록색을 칠해보니 그 옛날의 전원 풍경이 땅속에서 떠오르는 듯하다. 아마 기분 탓이겠지.

계단을 다 오른 후 기둥문을 지나니 어둑어둑한 곳에 아담한 사당이 서 있는 게 보였다. 은행나무의 보호를 받아, 쏴쏴 내리는 비가 그 안에서는 뚝뚝 떨어진다. 반장이 우러러보며 "기적 같다"라고 중얼거렸다. 고양이는 이렇듯 좋은 장소를 잘 찾아낸다. 혹시 사당 뒤나 마루 밑에서 비를 피하고 있진 않을까? 풀숲에 고양이 집 같은 나무 상자가 놓여 있었다.

두툼한 검정색 점퍼를 입은 다섯 남자가 돌계단에서 올라와 경내를 서성인다. 반장이 불온한 분위기를 느꼈

는지 얼른 이곳을 뜨는 편이 좋겠다고 눈치를 주며 아래
로 내려간다. 나도 그러는 편이 좋을 것 같아 빠른 걸음
으로 뒤따랐다.

"×××는 세상에 폭로하는 것밖에 이제 더이상 손쓸
도리가 없어. 옷을 벗는 것만으로는 안 돼"라는 말소리가
들린다. 빗발은 더 거세졌고, 이대로 밤이 되면 기온이
떨어져 진눈깨비로 변할 것 같았다.

그래도 고양이를 찾아 계속 걷는다. 신사에 고양이 밥
그릇이 있고 고양이에게 나쁜 짓을 하지 말라는 경고문
도 붙어 있었으므로, 분명 고양이가 이 부근에 있어서 찾
다보면 언젠가는 모습을 드러내리라 믿었던 것이다. 주
차장을 빠져나와 신사로 이어지는 급경사 길을 오른다.
비탈길 위에 계단에서 내려다본 경치와 완전히 색다른
마을 풍경이 펼쳐졌다. 높은 담으로 빙 둘러싸인 에도시
대의 저택. 그 어마어마한 저택 대문 앞에 누군가를 태우
러 왔는지 검정색 택시가 서 있다. 길 양옆으로 '관계자
외 출입 금지'라는 표지판이 여기저기 세워져 있어, 등을
쭉 펴고 정면만 바라보고 걷지 않으면 불심검문을 당할
것만 같았다. 비탈길 위와 강변은 같은 마을인데 이만큼
분위기가 다르다니 놀라웠다.

도쿄 거리는 복잡하고 재미있다. 시골에서 도쿄로 처음 이사 왔을 때, 도쿄에 신사와 절이 이렇게나 많다는 사실에 경악했다. 커다란 것부터 자그마한 관음상까지. 도쿄에는 최신식 거리나 기획된 전통 마을만 있는 줄 알았다. 실제로 살아보니 도쿄는 생각보다 훨씬 복잡하고 미묘한 도시였다. 지표면을 뚫고 나온 나무처럼 고분이나 신사, 절 등 옛날 옛적 도쿄의 모습이 불쑥 나타날 때마다 나는 놀라곤 했다.

자전거를 타고 내려오면 롤러코스터 급의 속도가 나는 급경사 길이 포장되지 않고 남아 있는 것을 보면, 아직 뭔가 있을 것 같다. 너무 크게 자라버린 은행나무 아래에 서면 토지의 심오함에 가슴이 두근거린다.

큰일이다. 고양이가 안 보인다. 반장에겐 정말 미안하지만 아무래도 포기할 수가 없어서 신사로 오는 길에 지나쳤던 일본 정원에 가보았다. 너무 미안한 나머지 "여기 벤치에 앉아 있으면 사람 좋아하는 고양이가 놀아달라고 다가온대요!"라고 씩씩한 목소리로 말해보았지만, 반장은 연못에 떠 있는 단풍잎과 솔잎을 응시하며 "이거, 야채조림 같네……." 하고 싱글벙글 웃을 뿐이었다. 분명 치쿠젠니 같은 요리랑 비슷하게 보이기도 하지만…….

이 공원 역시 가파른 경사면에 조성되어 나무 사이를 누비듯 계단이 놓여 있었다. 부지런히 오르다보니 꼭 등산하는 것 같은 기분이 든다. 도중에 벤치가 나왔지만 비에 젖어 있어서 쉴 수조차 없었다. 두 갈래로 나뉜 길에서 내려가는 쪽을 선택하고 싶은 충동에 휩싸였다. 오늘은 아무래도 고양이를 못 볼 것 같아……. 이 연재를 시작한 후로 고양이를 못 만난 날은 지금까지 단 하루도 없었는데……. 중간에 아무리 허탕을 쳐도 마지막엔 반드시 고양이를 발견하는 장면으로 마무리했다.

그런데 오늘은 고양이가 진짜 없다. 지금 이 책을 읽고 계신 분들이 그렇게 매번 고양이가 발견되진 않겠다고 이해해주신다면 마음이 놓이겠다. '아무쪼록 잘 부탁합니다……'라는 변명만이 가혹한 등산으로 산소 결핍 상태가 된 머릿속을 맴도니 눈물까지 글썽거렸다. 그런데도 반장은 단풍이 주렁주렁 달린 가지를 손가락질하며 "여기 밀가루 입혀서 튀김해 먹으면 맛있겠다"라고 농담을 한다.

고양이는 찾지 못하고 연못을 한눈에 바라볼 수 있는 높은 장소로 나왔다. 잠잠한 연못은 검푸른 색으로 흐려서, 바닥에 커다란 뱀이 똬리를 틀고 가라앉아 있을 것 같은 분위기다. 오늘은 뱀도 쉬는 날. 반장은 장승처럼 우뚝 서서 연못을 향해 "호헷" 하는 의미 불명의 울음소리를 내뱉었다. 어느덧 비가 그치고 하늘을 메웠던 비구름이 젖혀져 오렌지색 저녁놀이 하늘을 밝게 물들이기 시작했다.

비오는 날은
고양이 가뭄 후편

간다가와 강변길을 그다지 예쁘지 않은 빨간 옷을 입은 개가 산책하고 있다. 할아버지가 리드를 잡아당겨도 개가 멋대로 반대쪽으로 가는 바람에 줄이 길 양옆으로 늘어나 자전거를 타고 달려온 사람이 마라톤을 완주한 것 같은 모양새가 되었다.

반장과 나는 공원에서 나와 다시 신사 쪽으로 발길을 돌렸다. 다시 간다고 해도 고양이가 있다는 보장은 전혀 없는데, '이제 슬슬 가보면 있지 않을까?' 하고 내 몸이 저절로 움직인다. 조금만 더 찾아보고 없으면 미련 없이 돌아가자. 그럴 생각으로 걷는데…….

"불초 미야지마, 현장에 가야 한다면 백 번이라도!"라고 반장이 기운차게 소리친다.

까마귀가 기와지붕 꼭대기에 내려앉아 새로운 소식을 알리기라도 하듯 메마른 목소리로 한차례 높이 울었다. 분명 동료를 불러 모으는 거다. 거의 100퍼센트의 확률로 고양이와 세트로 발견되는 것이 바로 까마귀이다. 까마귀는 고양이의 예고편이라고 해도 좋다.

오후 네시가 조금 넘었을까? 이 시각이 되면 내 몸 안의 피가 교체되는 듯한 감각을 느낀다. 하루종일 침울했던 날은 괜스레 흥분되고, 왠지 들떴던 날은 마치 썰물이 빠져나가듯 기분이 가라앉는다. 어릴 적부터 지금까지 심한 감기로 앓아누웠을 때 체온계가 가장 높은 수치를 가리킨 때는 늘 오후 네시였다. 오후 네시는 내 몸에 이변이 일어나고, 까마귀는 친구를 부르고, 고양이는 슬슬 밖으로 나가고 싶어지는 시각. 이렇듯 오후 네시는 무언가가 교체되는 시각이다. 빠져나가는 흐름과 밀려들어오는 흐름이 교차하는 시각. 무엇이 그렇게 만드는지는 모르지만…….

나는 반장에게 그런 이야기를 "동물의 시간이 시작되었어요!"라는 한마디로 압축하여 전달했다. 그때였다. 신사 주차장에 고양이의 모습이 보였다. 코끝과 다리가 하얗고 등은 새까만 고양이가 자동차 그늘에서 '네?'라는 듯 멈춰 서서 이쪽을 보고 있다. 반장이 "빨리, 빨리, 사진!" 하고 재촉한다. 나 역시 카메라 전원을 켜는 동안에 도망치진 않을까 초조했다. 다행히 차 밑에서 가만히 이쪽을 보고 있다. 나는 넙죽 엎드려 사진을 찍었다. 옷이 축축하게 젖었다. 돌아보니 반장이 멀리서 가이코 다케시(開高健, 일본의 소설가로 낚시를 광적으로 좋아했다고 한 다―옮긴이)가 물고기를 잡았을 때와 꼭 닮은 포즈로 '만 세~' 하고 손을 흔든다.

그다음 순간, 반장의 표정이 순식간에 바뀌더니 눈을 둥그렇게 뜨고 내 뒤쪽을 손가락질한다. 차 밑에 있던 고 양이가 마치 초원의 대형 고양이 같은 포즈로 내 옆을 가 로질러 대각선상에 주차된 라이트밴까지 달려가 범퍼 냄새를 맡기 시작했다. 뭘 하려나 싶어서 유심히 바라보 는데, 번호판 아래 어딘가에서 엔진실 안으로 쏘옥 뛰어 들어간다. 그리고 엔진 냉각기 옆에 몸을 웅크린다.

엔진 냉각기를 어떻게 설명하면 좋을지 몰라서 방금 검색해보았다.

'Q1 엔진 냉각기는 어디 있나요?'
엔진 냉각기는 엔진실 앞쪽에 설치되어 있습니다. 뜨 거워진 냉각수를 주행풍이나 냉각팬으로 식혀주어야 하므로 통풍이 잘 되는 곳에 있어야 합니다.

　　　　　　　　　　　　　　―『엔진 냉각기의 기초지식』에서

트럭 안은 베니어판이야.

여기 있어요~

이렇다고 한다(마치 고양이용 주택에 꼭 맞는 부동산 광고로 보인다). 고양이는 자동차 안에서 내장 부품과 한 몸처럼 엉켜 있었다.

"방금 봤어? 차 안으로 들어갔어. 이거 특종이야!"라고 반장이 몇 번이나 말했다. 차 앞쪽의 라이트와 라이트 사이에 블라인드처럼 벌어진 틈으로 들여다보다가 안에 있는 고양이와 눈이 마주쳤다. 자기 털에 파묻힌 것처럼 앞발을 몸 아래에 깔고 몸을 둥글게 만 채 잠을 청하려 한다. 설마 고양이 집이 이런 곳이었을 줄은!

아까 주차장 쪽을 슬쩍 봤을 때 고양이의 모습이 보이지 않아 없는 줄 알았는데, 그때도 어쩌면 이 안에서 비를 피하고 있었는지도 모른다. 차체 안의 기계실을 침실로 이용할 줄 아는 고양이의 지혜와, 어디든 지내기 좋은 장소를 찾으면 바로 눌러앉아버리는 자유로움. 이런 고양이라면 도시에서도 전혀 문제없을 듯하여 내 기분도 따라 가벼워졌다.

만약 고양이를 찾고 있는데 보이지 않는다면 자동차 보닛 안을 한번 들여다보라. 만약 있다면 "멋지다, 좋은 곳을 발견했네"라고 칭찬해주라. 다른 사람의 눈엔 마치 차한테 말을 거는 희한한 사람으로 비치겠지만, 가끔은

④ 는 직접 만든 고양이 집

그런 짓을 해보는 것도 괜찮지 않을까?

고양이의 태도를 보니 한동안 움직일 것 같지 않았다. 나는 더이상 접근하지 않고 조금 떨어진 곳에서 지켜보기로 했다. 주차장 밖으로 나와 주위를 살핀다. '그냥 보면 자동차밖에 없는 지극히 평범한 주차장인데 사실은 이 안에 고양이가 잠든 차가 있다'는 사실이 무척이나 감격스럽다. 트럭이 한 대 들어온다. '삐, 삐, 삐, 후진합니다' 하고 소리를 내는 트럭이다. 주차를 끝낸 운전사가 시동을 끄고 문을 잠그고 자리를 떠난다. "새 집 왔다"라고 중얼거리며 바라보는데, 라이트밴에 있던 고양이가 방금 주차한 트럭으로 이사하는 게 보인다. 고양이는 트럭에 아직 온기가 남아 있어 따뜻하다는 사실을 아는 걸까? 반장이 "우와, 고양이 굉장하다. 이야기를 멋지게 끝맺을 줄 아네"라고 흥분이 덜 가신 목소리로 말했다.

주위는 어둡고 이제 차분한 밤이다. 오늘도 길었다. 그러나 고양이와 함께 하는 시간은 늘 순식간에 끝나버린다. 매번 해봐도 늘 순식간이다.

격돌!
시골 고양이 vs. 도쿄 고양이

작년 섣달 그믐날. 우리집 고양이 '냥코 선생'(7세, 수컷)과 나와 여동생으로 구성된, 한 마리와 두 사람이 신칸센을 타고 고향으로 내려갔다. 고양이 입장에선 캐리어 가방에 실려 낯선 집에 가야 하니 귀찮기 짝이 없겠지만, '고양이 혼자 집 지키게 하는 건 2박 3일까지만'이라고 책에 나와 있어, 그 핑계로 매년 함께 내려간다. 부모님 집엔 '킷키'라는 늙은 고양이(14세, 암컷)가 있다. 이번에는 '고양이 스토커'로서가 아니라, 두 마리의 고양이와 5일 동안 한집에서 지낸 이야기를 들려주려 한다.

신칸센 안에서는 고양이가 들어 있는 천으로 된 캐리어 가방을 줄곧 무릎 위에 올리고 있었다. 바닥에 두면 차가울 테니 가엾어서 내 무릎에 있으라고 배려한 것이지만, 억지로 여행에 동행해야 하는 고양이 입장에선 그 정도로 위안이 될 리 만무하다. 그래도 냥코 선생은 가방 안에 얌전히 들어가 있다. 묵직하고 따뜻하여 마치 핫팩을 안고 있는 것 같다. 가방 위에서 '쓰담쓰담' 어루만진다. 냥코 선생은 지루한지 이따금 뒤척이며 가방을 흔들었다. 마치 '춤추는 화분' 장난감에 천을 뒤집어씌워놓은 듯한 움직임이다. 가방이 움직이면 옆자리 승객이 "헉! 방금 가방이 혼자 움직이지 않았나요?!" 하고 놀라니 재미있다. 아, 죄송, 고양이를 싫어할지도 모르는데……. 무턱대고 재미있어 하면 안 된다.

고향 집 현관으로 들어서자 고양이 킷키가 마중을 나와주었다. 먼저 캐리어 가방에 코를 대고 냄새를 맡는다. 부모님 집에 냥코 선생용 화장실 모래랑 밥이랑 물까지 완벽하게 준비되어 있었다.

지난번에 귀성했을 때 냥코 선생은 가방에서 나오기를 거부했다. '고양이를 옮기기 전에 밥을 한 끼 거르라'는 책 속 조언에 따라 출발 전 아침밥을 먹지 않았으니 냥코 선생은 틀림없이 배가 고플 것이다……라고 생각하고 "착하다. 잘 참았네"라며 가방 지퍼를 열었지만 몸을 딱딱하게 굳힌 채 웅크리고만 있었다.

그러고 보니 냥코 선생은 고타쓰를 좋아했다. 그래서 고타쓰에 넣으려고 안아올렸는데, 내 가슴을 차고 도망치는 것이다. 다리 네 개가 여덟 개로 늘어났나 싶을 만큼 소란스럽게 계단을 뛰어올라가더니 2층 방에 숨어 다음날 아침까지 나오지 않았다(이 집에 2층이 있다는 걸 기억했는지, 도망친 쪽이 우연히 계단이었는지는 잘 모르겠다). 동생과 내가 어릴 때 같이 쓰던 방인데, 지금은 이 집의 모든 옷장의 집합소이다. 왜 이런 게 집에 있나 싶을 만큼 굵은 밧줄이 똬리를 틀고 있고, 엄마 마음대로 버리면 화낼 것 같았는지 동생의 작품들로 발 디딜 틈이 없다. 낮에도 덧문이 닫혀 있어 더더욱 들어갈 마음이 생기지 않는 카오스 방(카오스라고 해도 활기 넘치는 카오스가 아니라 죽기 직전의 생기를 잃은 카오스)이다. 냥코 선생은 그 방의 가장 깊숙한 곳에 놓인 서랍장 안에 들어가, 집 분위기에 익숙해질 때까지 지냈다.

코밑의 통통한 살을 오므리고 나지막하게 으르렁거리면서 귀를 찌부러뜨리고 몸을 긴장시키는 냥코 선생. "냐야"라고 아무리 말해도 듣지 않는다. 다른 고양이가 있는 곳에 데리고 오니 주변이 모두 적이라고 생각하는 모양이다. 나는 밥 몇 알을 손바닥에 올리고 입 근처로 가져가보았다. 온몸으로 항의하는 건지 거센 겨울바람 같은 소리를 내더니, 다음 순간 여태까지 본 적 없는 기세로 밥에 달려들었다. 그래도 밥을 먹었으니 조금은 안심이 되어, 나도 주방으로 돌아와 가족과 함께 밥을 먹었다.

이랬던 냥코 선생이 이번엔 마치 당연히 누려야 할 특권인 것처럼 당당하게 고타쓰 안으로 들어가 쉬는 것이다. 그러나 고타쓰는 원래 킷키의 쉼터. 섣달 그믐날, 부모님 집의 스키야키 냄비가 타올랐다. 너무 끓었는지 고기 기름에 가스레인지 불이 옮겨 붙어 테이블까지 위험할 뻔했다. 동생과 엄마는 잔뜩 겁먹어서 어딘가로 도망가고, 아빠는 입으로 후후 불어 불을 끄려 했지만 반대로 불길이 더 커지는 상황. 나는 무의식중에 아빠를 밀고 말았다. 다행히 불은 꺼졌지만 그후로 무척 어색한 공기가 감돌았다. 그래도 킷키는 여전히 아빠의 무릎을 독점하거나 식탁 밑으로 들어가 "냐아~" 하고 발바닥으로 쓰다듬어달라고 조르면서(인간의 발바닥에 밟히는 걸 좋아한다) 평온한 생활을 이어갔다. 진짜 가족 관계에 불이 붙지 않은 건 킷키 덕분인지도 모른다.

설날 아침, 킷키가 으르렁거리는 소리 때문에 잠에서 깼다. 집 안 점검을 끝낸 냥코 선생이 고타쓰에 들어가려 했던 것이다. 킷키는 고타쓰 이불을 망토처럼 걸치고 냥코 선생을 응시하며 여왕으로서의 품격을 자랑하고 있다. 냥코 선생은 킷키가 으르렁거리는 이유도 모르는지 복도에 개다래나무가 붙어 있나 싶을 만큼 신이 나서 뒹

굴며 여기저기 자기 냄새를 바르고 있다. 과감한 작전이
다. 그렇게 조금씩 접근하며 위협하려는 건가? 킷키는
냥코 선생이 고타쓰에 들어오는 것이 싫은 모양이다. 고
타쓰 문지기처럼 선생이 지나는 길을 막고 저지하다가
선생이 다가오면 마음이 급해져서 초조해하는 게 눈에
보인다. 궁전 안의 평화를 깨뜨리는 젊은 침입자 때문에
여왕이 애먹고 있다.

다음날. 냥코 선생은 킷키가 아무리 으르렁거려도 개
의치 않고 자꾸 따라다녔다. 킷키가 멀리 가면 냥코 선
생은 다리를 높이 쳐들고 마치 자기가 말이라도 된 것
처럼 딸가닥딸가닥 달렸다. 발소리가 크게 울려 재미있
는 모양이었다. 고타쓰의 킷키 지정석에 가서 편안한 자
세를 취하기도 한다(킷키의 마음은 편안하지 않다). 동생은
"초대받지 못한 손님이 행패부리는 건가?"라며 어이없
어 했다.

이름이 뭔지는 모르겠는데, 기다란 막대 끝에 꼬리처
럼 생긴 복슬복슬한 모피와 방울이 달린 고양이 장난감
이 있다. 냥코 선생이 심심할까봐 집에 있던 걸 가지고
왔다. "선생, 자, 여기, 이걸로 스트레스 풀어" 하고 딸랑
딸랑 울리니 부리나케 달려와서 장난치며 논다. 이제야

고타쓰에 들어가도 돼?

엉덩이 냄새를 맡아보자…….

자기 영역에 있을 때랑 똑같다.

그때 킷키가 움직였다. 고타쓰에서 나오더니 뚫어져라 처다본다. 킷키는 장난감 같은 걸 모른다. 그저 호기심 어린 눈으로 문지방 위에 앉아서 보고만 있다. 나는 "갖고 놀래?" 하면서 장난감을 내밀어보았다.

앞으로 내밀었던 가짜 꼬리를 위로 번쩍 쳐드니 멍하니 보던 킷키가 '웅? 웅?' 하며 눈으로 좇는다. 어떻게 하면 좋을지 모르겠다는 듯 고개를 갸우뚱한다. 내가 크게 흔들자 앞발로 조심스럽게 톡톡 건드린다.

더 세게 흔드니 방울이 딸랑딸랑 소리를 낸다. 킷키는 그제야 일탈을 결심한 듯 몸을 한껏 움츠렸다가 펄쩍 뛰어올랐다. 몸을 비틀어 공중에서 양손으로 잡아 바닥에 내동댕이치더니, 다 찢어버리고 말겠다는 듯 으르렁거리며 있는 힘껏 흔들어댄다. 그때 마침 냥코 선생과 눈이 마주쳤다. 킷키는 냥코 선생에게 다가가 불시에 펀치를 먹여 방에서 쫓아내더니, 도망가는 냥코 선생을 따라 다다다 2층으로 올라간다. 거실은 조용해졌다.

그때 킷키의 심경을 인간의 말로 한번 번역해볼까?

뭐지? 이 복슬복슬한 물체, 제법 매력 있는데?

툭, 툭…….

아…… 재미있다, 재미있어, 아하하하, 아하하

핫…….

왜 이래? 또 안 움직이네.

이런 거 처음 봐…….

어? 다른 고양이 침냄새가 나잖아! 에잇! 이 꼬마 녀

석~!

이랬을 것이다.

　잠시 후 형세가 뒤바뀌어 냥코 선생이 킷키를 뒷문 쪽
으로 몰아넣는다. 생각지 못한 선생의 반격에 내 어깨가
으쓱해졌다. 기쁜 나머지 고타쓰에서 자고 있는 동생에
게 부리나케 달려가 "역시 냥코 선생은 강해!"라고 말했
다가, "언니, 너무하네. 지금 킷키 기분이 어떻겠어?"라
고 동생한테 한소리 들었다. 앗, 그러네. 내가 너무 흥분
했다. 여기는 킷키의 영역. 냥코 선생과 나는 손님이라는
사실을 잊고 있었다. 아아, 고향은 역시 멀었다.

　신년 4일째. 다시 냥코 선생을 가방에 넣어 도쿄로 돌
아왔다. 집에 도착한 그날 저녁, 냥코 선생이 앞발로 담
요를 자박자박 밟고 있었다. 엄마 고양이의 젖을 먹던 시

킷키의 좌충우돌 5일

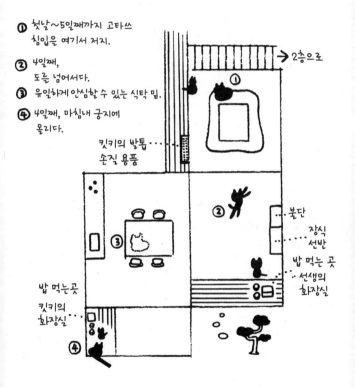

① 첫날~5일째까지 고타쓰
   침입을 여기서 저지.

② 4일째,
   도를 넘어서다.

③ 유일하게 안심할 수 있는 식탁 밑.

④ 4일째, 마침내 궁지에
   몰리다.

→ 2층으로

킷키의 발톱···
손질 용품

붙단

장식
선반

밥 먹는 곳

선생의
화장실

밥 먹는곳

킷키의
화장실···

절이 생각나면 이런 행동을 한다고 하는데, 선생은 여태
까지 이런 적이 단 한 번도 없었다. 이제 와서 이런 몸짓
을 보이다니 뭔가 이상하다. 혹시 킷키가 옛 기억을 상기
시킨 건가 싶기도 하시만, 그 이상은 나도 모르겠다.

브런치에 디저트까지 먹으며
고양이를 기다리다

"어머나, 이런 곳에⋯⋯." 이렇듯 생각지도 못한 장소에서 고양이와 맞닥뜨리는 경우가 있다. 사무실 거리라든지, 산간 지역의 아웃렛 몰 같은⋯⋯. 사람 사는 냄새가 느껴지지 않는 장소에서 복슬복슬 부드럽고 사랑스러운 존재가 문득 내 눈앞에 나타나는 기쁨. 이런 사소한 사건으로 인해 거리와 친밀해진 듯한 기분이 드니 참 신기하다. 그래서 나는 고양이를 찾는 일을 멈출 수가 없다.

'사무실 빌딩 1층 레스토랑에서 점심을 먹는데 유리 너머로 고양이가 걸어가는 게 보였다'라는 정보를 친구 S에게 듣고 당장 가보기로 했다. 바로 그날 오후, 친구 S와 레스토랑에서 만나기로 한 것이다. 친구 S는 '고양이 운'이 있어서 그리 쉽게 보일 리 없는 장소에서도 고양이를 잘 찾는데, 정작 본인은 그 운을 느끼지 못할 만큼 둔한 사람이다.

레스토랑 창가 자리에 앉아서 S가 오기를 기다리는 중에 발밑에서 뭔가가 스르르 움직인다. 유리 너머에 고양이가 있다. 집게손가락을 내미니 유리를 사이에 두고 쿵

쿵 냄새를 맡는다.

"많이 기다렸어?"라며 S가 자리에 앉자마자 고양이는 두 마리가 되었고, 땅에서 주운 솜 같은 물체로 신나게 장난을 친다. 뒷다리로 일어서서 앞발로 그 물체를 잡고 어찌할 바를 모른다. 그 모습을 본 순간, 거미줄을 잡으려 하는 간다타(カンダタ, 아쿠타가와 류노스케 소설 『거미줄』의 주인공—옮긴이)가 떠올랐다. 혹시 내게 보이지 않는 거미줄이 고양이에겐 보이는 걸까? 멍하니 그런 생각을 하는데 S는 "고양이도 두 발로 서는 줄 몰랐어……"라며 충격을 받은 얼굴이다. 고양이가 두 발로 서는 건 쉽게 볼 수 없는 모습이긴 하지만, 그렇다고 충격을 받을 만큼 신기한 일은 아니다. 눈부시다, 그 순진한 눈동자가.

계산대에서 돈을 지불하면서 점원에게 고양이에 대해 물으니 한 마리였던 고양이가 모르는 사이에 두 마리로 늘었고, 어느새 아기 고양이도 보이게 되었다고 한다. 가게 안에는 들이지 않지만 레스토랑의 한 식구처럼 귀여워해주는 모양이다. '인정'은 시골 마을에만 남아 있는 줄 알았는데, 이처럼 생활 냄새라곤 전혀 없는 빌딩가에서도 고양이는 씩씩하게 살아가고 있었다. 왠지 기적 같았다. 건물이 낮든 높든 결국은 사람이었다. 그런 당연한 생각을 하니 마음이 따스해졌다.

뭔가 잊고 지나간 듯한 묘한 기분에 며칠 후 다시 레스토랑에 가보았다.

"어서 오세요. 금연석으로 하시겠어요? 아니면 흡연석으로?"

"금연석으로 해주세요. 아, 고양이를 볼 수 있는 자리로……."

"아, 고양이. 네네."

점원이 당장 창가 자리로 나를 안내해주었다. 손님의 기대에 부응하기 위해 허리 굽혀 유리 너머에 있을 고양이를 찾는다. 잠시 후 미안한 듯 얼굴을 찌푸리더니 "늘 저 부근에 있는데……"라며 원목 난간과 나무 부근을 손가락으로 가리켰다. "고양아, 얼른 나와." 나는 점원이 '고양아'라고 부르는 순간 놀라면서도 안도했다. 여기는 좋은 가게다!

차만 마시려고 했는데 괜스레 기분이 좋아져서 파스타와 샐러드와 커피로 된 세트 메뉴를 주문했다. 점원은 포크와 숟가락을 가져다주면서도 "조금 전까지는 있었는데"라며 몇 번이나 허리 굽혀 고양이의 모습을 찾는다. 여기 고양이를 보러 오는 사람이 많지 않으냐고 물어보

오늘도 사냥 특훈이야!

당신들 즐거우라고 이러는 거 아니야.

았더니, "어린이를 동반한 가족이 많고요, 할아버지 할머니도 오세요"부터 시작하여 여기 있는 고양이 두 마리는 형제인데, 처음에 수컷 고양이만 있던 곳에 나중에 암컷 고양이가 합류해서 그 사이에 태어난 아이들이다. 어느 날 아빠가 사라지고 그다음엔 엄마가 사라져서, 지금은 아기 고양이끼리만 있다는 두 마리 고양이의 성장 이야기를 들려주었다. 부드러운 물체를 손으로 소중하게 감싸는 듯한 말투에 나는 넋을 잃고 들었다. "고양이가 가 없다면서 어느 단체에서 나온 사람들이 데리고 가려 했던 적이 있었어요. 이 고양이는 누구의 고양이도 아니기 때문에 우리는 데려가달라는 말도, 안 된다는 말도 할 수 없다고 입장을 전했는데, 결국 그 프로젝트는 실패했죠. 고양이들이 재빨리 도망쳤거든요."

이 가게 사람들은 고양이가 도망치리라는 걸 미리 알지 않았을까?

샐러드를 먹었다. 수프도 마셨다. 파스타도 먹어치우고 커피까지 다 마셨다. 하지만 고양이는 아직 납시지 않았다. 바람이 슝슝 불어 유리 너머에 있는 나무들이 모조리 휘어진다. 나만 온 게 잘못이었나? '고양이 운'을 몰고 다니는 S랑 함께 왔어야 했나? 다 먹고 빈 그릇만 남겨둔 채 몇 시간이고 앉아 있으면 싫어하겠지?

점원이 물을 더 따라주러 왔다. "고양이가 안 오네요. 천천히 있다 가세요. 오늘은 예약 손님도 없으니까……."

점원의 배려가 내 심장을 뚫었는지 "디저트 메뉴 좀 보여주세요"라는 말이 저절로 튀어나왔다. 어른이 되길 잘했다. 그렇지 않다면 오로지 고양이를 보기 위해 식사에 디저트까지 추가로 주문하기는 힘들었을 것이다. 아아, 정말 좋다.

옆자리에 앉은 비즈니스맨들의 대화중에 "예상으로는 3200억 정도?"라든지 "중장기 비전이 없어요, 그 회사는" 하는 말이 나온다. 저 사람들은 같은 지붕 아래에 고양이가 나타나기만을 이제나저제나 기다리는 여자가 있다는 사실을 알까……(모른다).

날이 저물자 나무마다 조명이 반짝이기 시작했다. 한동안 바라보는데 시야 한구석에 움직이는 것이 포착되었다. 암흑 속이라 몰랐을 뿐 고양이는 벌써부터 내 옆에 와서 나를 유심히 보고 있었다. 가난한 형제가 쇼윈도 안에 있는 트럼펫을 갈망하는 눈빛으로 바라보듯, 고양이도 몸과 마음을 다해 나를 응시한다. 고양이에겐 오늘 저녁밥이 걸린 진검승부인지도…….

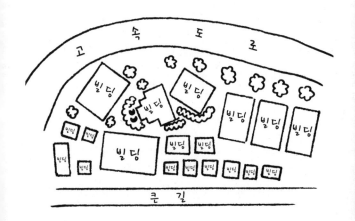

"형, 밥을 얻을 수 있을까?"

"기다려봐. 내가 드러누워서 불쌍한 척해볼게."

고양아, 부탁이야, 날 보지 말아줘. 그런 눈으로 보면 무엇이든 해주고 싶어진다. 이 기분을 어떻게든 억제해야겠기에, 이 아이들은 내가 먹을 것을 주지 않아도 무엇 하나 부족함 없이 살 수 있다고 속으로 염불을 외었다.

고양이는 내게서 '무엇이든 해주고 싶은 마음'을 끌어냈다. 내게서는 '귀여우니까 밥을 주고 싶다'는 마음을 끌어냈지만, 또다른 이에게는 '가여우니까 데리고 가자'라는 구체적인 행위를 이끌어내기도 했다. 고양이를 귀여워하는 것도, 가여워하는 것도, 귀찮아하는 것도, 모두 비슷한 감정인 것 같다. 이질적인 존재를 그냥 내버려두지 못하는 정 많고 마음 약한 사람들. 거리 속의 별난 존재인 고양이는 저마다 다른 방법으로 사람과의 관계를 꾸려간다.

의자에서 몸을 내밀고 고양이를 보는데 별안간 내 뒤쪽 자리에 있던 남자가 유리에 철썩 달라붙는다. 스파이더맨처럼 유리에 몸을 밀착시킨 채 그 자리에 쭈그리고 앉는다. 문이 잠겨 있는데도 손잡이를 찰칵찰칵 돌리기까지. 밖으로 나가서 고양이를 만지려는 걸까? 두 마리다 놀라서 빛의 속도로 휑하니 도망갔다. 이렇게 끝나버리다니. 고양이를 보러 온 사람이 또 있을 줄은 몰랐다 (어떻게 하고 싶었는지는 모르겠지만).

밖은 완전히 밤이었다. "이 시간에는 잘 안 오는데, 마음이 통했나봐요"라는 점원의 말을 듣고 가게에서 나왔다. 고양이가 다시 오지 않을까 싶어서 몇 번이나 뒤돌아본다. 점원이 내가 머물던 테이블을 치우는 게 보였다. 오늘은 차가운 바깥바람을 맞지 않아도 되어 다행이다. 식사에 디저트까지 먹으며 고양이를 기다린 건 처음이었다.

고양이와 고양이
사이를 잇는 여행

고양이에게도 야망이 있을까? 고양이는 늘 일정한 범위에서 벗어나지 않고 자신과 닮은 고양이끼리 섬을 이루고 살면서, 다른 곳에 뭔가 더 좋은 게 있을지도 모른다는 생각은 요만큼도 하지 않는 것 같다.

나는 무슨 중대한 사건이라도 일어나면 좀더 핵심에 가까운 정보가 있을지도 모른다는 생각에 인터넷을 집요하게 뒤지곤 하는데, 한번 검색하기 시작하면 관련 사이트를 다 뒤질 때까지 잠들지 못하고 날이 새도록 컴퓨터를 끄지 못하는 경향이 있다. 이만하면 됐다 싶을 때 일시적으로 마음이 진정되긴 하지만, 금세 또 '혹시 다른 사이트가 있을까?'라는 생각이 드니 스스로도 피곤하다.

열린 집단인 고양이 무리는 같은 마을 안에 여기저기 흩어져 저마다 완전히 다른 생활을 하고 있는 듯 보인다. 고양이를 좋아하는 사람의 집 차고에 드나들며 밥을 마음껏 먹고 토실토실 살이 찐 고양이 집단이 있는 반면에, 그 집에서 ㄷ자로 모퉁이를 돌면 나오는 공원에는 잠시라도 경계심을 풀지 않는 샤프한 몸매의 길고양이 집단도 있다. 만약 내가 공원에 소속된 고양이인데 바로 근처에 안락하게 생활할 수 있는 장소가 있다는 사실을 안다면 그 달콤한 유혹을 쉽게 뿌리치지는 못하리라…….

현실에서는 두 집단의 고양이가 절대 섞이는 일은 없는 것 같다. 고양이는 지금 소속된 집단 밖의 일은 전혀 마음에 두지 않는 걸까? 생물이라면 자손의 번영과 발전을 위해 모험을 해도 될 법한데, 고양이에겐 그럴 마음이 요만큼도 없는 것 같다. 아니면 고양이에게도 그런 야망은 있지만 긴 시간이 지난 후에야 겨우 눈에 보일 정도의 미미한 변화인 걸까?

고양이로부터 고양이에게로 떠돌며 마을을 배회하다 보면 도중에 고양이 냄새가 점점 옅어지다가 어느 순간 끊어질 때가 있다. 그 경계를 뛰어넘으면 다시 고양이 냄새가 짙어지고 다음 고양이 집단을 만나게 된다. 그 경계의 존재가 바로 고양이 집단은 서로 섞이지 않는다는 증거라고 생각한다.

이번에는 서로 등을 맞대고 존재하는 두 개의 고양이 집단 사이의 경계를 왔다갔다하며 겪은 일에 대해 적어 보겠다.

아무 할 일이 없는 일요일. 열차에서 내려서 역 앞으로 뻗은 상점가의 샛길로 들어가보기로 했다. 다코야키 가게 모퉁이를 돌아 술집이랑 고깃집이랑 중화요리점이 늘어선 음식점 거리를 빠져나가니 길에 점점 주택이 많아졌다. 부풀어오르기 시작한 매화꽃 봉오리가 벽돌담 너머로 얼굴을 내민다. 동그스름한 게 귀엽다. 꼭 고양이 생식기처럼 생겼다.

"아아, 귀여워"라고 혼잣말을 하며 걷다가 토실토실 살찐 고양이와 눈이 마주쳤다. 이 마을에 고양이가 많다고 듣긴 했지만, 이렇게 빨리 찾을 줄이야. 문 안에는 무려 대여섯 마리의 고양이가 있었다. 하나같이 둥글납작한 거울떡처럼 포동포동 살이 오른 아이들이 앞발을 웅크린 채 느긋하게 쉬고 있다.

뭔가 다른 시선을 느낀다. 위를 보니 거대한 흰 고양이를 안은 빼빼 마른 부인이 베란다에서 나를 내려다보고 있었다. 나는 순간적으로 "아, 고양이, 너무 귀여워요"라고 말을 걸었다. "모두 덩치가 크지요? 특히 이 세 마리는 신드롬 삼총사예요." 여기서 신드롬은 메타볼릭 신드롬에서 따온 별명이라고 했다. 고양이들의 이름을 물으니 "잠깐만요"라며 안으로 사라졌다가 곧 현관문이 열리고 고양이를 안은 채 밖으로 나왔다.

"방금 쓰다듬어주셨던 아이는 이름이 뚱보예요. 술집 고양이였는데 공사중이라 있을 곳이 없어서 우리집으로 데리고 왔죠. 원래 이름은 후쿠짱이었어요. 어머, 누나가 쓰다듬어주니 기분이 좋은가보네? 손을 이렇게 움직이는 건 어리광 부리는 거예요. 당신이 와서 기쁜가봐요."

여기까지 단숨에 말한다. 뚱보는 배를 보여주면서 뒹굴뒹굴 몸을 흔들며 나에게 쓰다듬어달라고 조르는 듯했다. 나는 고양이 이야기를 더 듣고 싶어서 일단 눈에 들어오는 것에 대해 물어보았다.

"정원에 짚이 많네요. 고양이 따뜻하라고 깔아두신 건가요?"라고 물으니 "아뇨, 이건 그냥 새끼줄을 풀어놓은 거예요. 혹시 비료가 될까 싶어서"라고 한다. 관계없는 이야기 같았으나 고양이는 그에 아랑곳없이 편안하게 자리를 잡고 누웠다. 한집에 이렇게 많은 고양이가 살고, 게다가 모두 편해 보인다. 왠지 호화로운 회덮밥에 든 회를 바라보는 것 같은 사치스러운 기분에 사로잡힌다.

역에서 그리 멀지 않은데도 고양이가 이렇게 많이 보였다면 주택가의 후미진 곳에도 있을 가능성이 크다. 상상력을 발휘하여 주택가 깊숙이 들어가니 길 폭이 점점

정삼각형.

새끼줄이 뭐야?

좁아지면서 혼자 살기에 딱 좋을 크기의 아파트 창밖으로 세탁물이 긴자 거리의 버드나무처럼 축 늘어져 있다. 벽돌담으로 둘러싸인 좁은 골목길에서 옛 정취가 느껴진다. 막다른 길인가 싶었는데 가까스로 빠져나갈 만한 틈이 있다. 큰길에서는 맛볼 수 없는 위태위태함. 고양이를 찾아오지 않았다면 이런 깊은 곳까지 들어올 일은 없었겠지.

세탁물을 훔쳐가는 사람은 없을지 괜한 걱정을 하면서 걷는데 공원이 나왔다. 소녀들이 춤 연습을 하고 있었다. 잠시 벤치에 앉아서 둘러보는데 나무 사이를 느릿느릿 거닐며 주위를 살피는 아저씨가 있다. 공원 여기저기에는 빈 깡통이 놓여 있었다. 고양이를 위한 것이다. 상자 형태의 고양이 침대도 놓여 있다.

언제 왔을까? 여윈 검정고양이 두 마리가 아저씨 다리에 엉겨 붙는다. 아저씨는 주머니에서 고양이 사료를 꺼내더니 달랑 한 줌만 땅에 놓았다. 너무 적다. 에피타이저도 안 된다. 고양이가 조심조심 입을 댄다. 아저씨가 남은 사료를 손으로 집어서 주머니에 넣는다.

"사진 찍으려고요? 옆에 사람이 있으니까 무서워서 안 먹잖아요."

아저씨 목소리가 무척 작았다. 수도꼭지에서 똑똑 떨어진 물방울이 바닥에 맞고 튀어오르는 듯한 소리였다. "죄송해요" 하면서 물러나니 고양이가 아저씨 곁에 바짝 붙는다. 아저씨는 사료를 들고 돌아다니며 나무 그늘에 한 줌, 등나무 덩굴 기둥 뒤에 또 한 줌 놓았다. 그러고 가만히 고양이를 쓰다듬는다. 손바닥을 대지 않고 손가락 끝으로 살짝 어루만졌다. 부드럽고 친밀한 공기가 그 주위를 감싼다. 좋다. 조금 질투가 났다.

아저씨는 다음으로 스시 팩을 꺼내더니 흰 살 생선을 아주 조금 찢어서 나무 사이에 놓았다. 나머지는 다시 봉투에 넣는다. 자기가 먹을 스시까지 주는구나. 아저씨는 집에 가서 생선이 조금 찢겨나간 스시를 드시겠구나. 그래도 좋다고 생각하는구나. 그건 그렇고, 먹이를 조금씩만 주는 건 왜일까? 어쩌면 꽤 소심한 성격인지도 모른다. 아저씨는 그 자리를 떠났고, 나는 아무것도 묻지 못했다.

검은 고양이는 나무 밑에서 몸을 동그랗게 말고 꾸벅꾸벅 졸고 있다. 고요한 시간이 이대로 영원히 이어질 것만 같은 느낌이다. 춤 연습중인 소녀들의 목소리만 이따금 울리며 시간은 끝없이 흘러간다. 이제 곧 저녁이다.

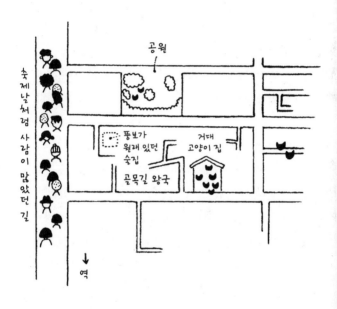

공원

숲 게 낯 처 럼 사 람 이 많 았 던 길

똥보가
원래 있던
술집

거대
고양이 집

골목길 왕국

↓
역

고양이를 보려면 지금부터가 중요하다. 아무 일도 일어나지 않을 것 같아도 틀림없이 뭔가가 일어나리라 믿고 기다리는데, 나무 사이에서 "꺄옹" 하는 소리가 들리고 뭔가를 차서 넘어뜨리는 소리가 '타타탁!!' 하고 시끄럽게 울린 후 다시 고요해졌다. 나무 밑에서 몸을 웅크리고 자던 고양이가 소리 나는 쪽으로 가기에 나도 살짝 따라가보았다. 나무 사이에 놓인 상자 안을 들여다보니 오늘 처음 보는 고양이가 시치미를 딱 떼고 눌러앉아 있다. 검은 고양이가 쫓겨난 게 분명하다. 상자 탈취에 성공한 이 고양이, 제법 만족스러운 얼굴이다. 이런.

이 사태를 지켜보고 나니 왠지 오늘 할 일은 다 끝난 것 같다. 돌아가는 길에 고양이가 많이 사는 집 앞을 지나쳤다. 흩어져 있던 고양이들이 다 어디로 갔는지 정원이 텅 비어 있었다. 덧문 앞에 놓인 의자를 보니 뚱보와 다른 고양이 한 마리가 자고 있고, 목 주변에 삼각형으로 자란 하얀 털이 암흑 속에서 희미하게 보이는 듯했다. 문짝 너머로 "얘들아, 공원에서 침대 쟁탈전이 벌어졌다는 사실 혹시 아니?"라고 물었지만, 전혀 안 들리는 모양이었다.

유흥가 사이사이는
고양이 낙원

버스에서 내려 교외로 나가는 전철로 갈아탔다. 앞에서
걷는 사람을 추월하고 개찰구가 토해내는 사람들을 헤치
며 자꾸만 종종걸음을 치게 되는 것은 조급한 마음을 억
제하지 못하는 탓이다. '금방 갈 테니 잠시만 기다려.' 지
금 가려는 마을 어딘가에서 고양이 축제가 열릴 텐데, 빨
리 안 가면 내가 도착하기 전에 시작해버릴 것 같은 예감
이 든다. 아니, 고양이는 내가 가든 안 가든 어제도 오늘
도 내일도 변함없는 생활을 이어가겠지만.

  역 앞 거리로 나오자마자 흥청거리는 유흥가에 내던
져졌다. 파칭코 가게에서 새어나오는 구슬 소리, 신규 계
약 손님을 끌어들이려는 휴대전화 광고 깃발, 호객중인
남자의 긴 그림자, 마작 게임장 스피커에서 반복적으로
흐르는 "1인 고객 분도 환영합니다"라는 멘트…… 이 길
로는 버스도 다니는데 도로 폭이 워낙 좁아서 지나가는
사람이나 자전거를 피해가며 아슬아슬 달리는 모습이
영 불안하다. 이 길 양쪽에 늘어선 건물 벽에 주유소 세
차기 같은 거대한 회전 브러시가 달려 있다면 버스가 지

날 때마다 닦여서 깨끗해질 텐데. '시장한테 한번 제안해 볼까?'라는 망상까지 부추기는 혼돈의 거리이다.

이 마을에 사는 친구 F 부부가 가까운 곳에 고양이가 모이는 장소가 있다고 하여 오늘은 여기까지 와봤다. 건물과 건물 사이에 고양이 밥그릇과 물이 놓여 있는데, 친구 말로는 이 부근 고양이들의 식당인 셈이라고 한다. 게임 센터 실외기 위에는 골판지 상자로 만든 침대가 놓여 있다. 실외기가 상자를 따뜻하게 데우는 난방 역할을 하는 것이다. 비를 피하기 위한 용도인지 우산 하나가 펼쳐진 채 놓여 있었다. 자세히 보니 우산살이 부러져 있다. 귀엽다. 그 우산의 보호를 받으며 유부초밥 색깔의 고양이가 곤히 잠들어 있다.

F 부부에게 듣기로는 스시 가게 주인이 고양이를 돌본다고 하니, 스시라도 먹으면서 고양이 이야기를 들어야겠다는 호기로운 계획을 나 혼자 세우고 가게 문이 열릴 때까지 길에서 기다렸다. 그동안에도 고양이가 이따금 나타나서 식당에 들렀다 갔다. 고양이에게는 역전 포장마차 같은 곳일까? 퇴근길에 잠시 들르는.

스시 가게 앞에 멍하니 서 있는데 지나가는 사람이 나를 아래위로 훑어본다. 그런가? 여기는 유흥가이니 나를 그렇고 그런 여자라고 생각했는지도 모른다. 이럴 때 휴대전화가 도움이 된다. 메시지를 보는 척하고 있으면 '누군가를 기다리는 사람'이나 '볼일이 있어서 온 바쁜 사람'으로 변신할 수 있다.

그러나 저녁 시간이 되었는데도 스시 가게의 셔터는 1밀리미터도 올라가지 않았다. 나는 아까부터 눈앞에서 호객 행위중인 남자에게 큰맘먹고 말을 걸어보았다.

"저기요, 이 스시 집, 오늘 쉬는 날이에요?"

"문이 닫혀 있으니 쉬는 날 아니겠어요?"

어쩌면 이 사람도 고양이를 알지도 모른다는 생각이 들어서 무뚝뚝한 말투에도 기죽지 않고 다시 물고 늘어졌다.

"저쪽에 자고 있는 고양이 있죠? 늘 여기서 지내나요?"

"낮에 보면 거의 저기서 햇볕을 쬐고 있어요. 저 멀리까지 나가는 경우도 있지만요"라며 수백 미터 떨어진 역 쪽을 가리켰다.

고양이가 인파를 헤치면서 산책을 한다고!? 내 동공이 조금 커지는 듯했다.

"이 주변 사람들은 저 고양이의 존재를 모두 알고 있나요?"

"예, 다 알아요."

"유명한 고양이군요."

나는 흥분하여 오늘 저 고양이 이야기를 들으려고 여기 왔다는 사실을 털어놓았다. 뜬금없이 이런 이야기를 꺼내는 내가 수상쩍게 느껴졌는지 남자가 괜히 휴대전화를 만지작거리며 내게서 멀어졌다. 노랗게 물들인 긴 머리를 하나로 묶고, 까만 코트 깃을 세우고, 목에 빛나는 소재의 천을 감은 남자다. 언뜻 보면 돈냄새가 나는 차림새인데 아쉽게도 신발에는 흙이 잔뜩 묻어 있다.

'맞다, 휴대전화가 있었지'라는 생각이 번뜩 들어서, 배고플 때 배에서 나는 소리와 비슷한 명칭의 검색 사이트인 구글에 접속하여 가게 이름을 입력해보았다. 이 가게는 '스시'라는 한자를 '寿司'가 아닌 '鮨'로 쓴다. '스시'를 한자로 변환하면 제일 먼저 '寿司'가 뜨고 '鮨'까지는 한참이다. 아, 너무 번거롭잖아. 짜증내면서 버튼을 누르는데 하필 그때 고양이가 나타났다. 나는 고양이가 식사하는 장면을 촬영해야 하는데, 이대로 계속 '鮨'를 찾고 있다간 고양이가 다른 곳으로 가버릴 것 같다. 하지만 나는 '鮨'가 뜰 때까지 버튼 누르기를 멈춰선 안 될 것 같은 강박관념에 사로잡혀 있었다. "고양이는 틀림없이 다시

올 거야……"라고 악마가 귓전에 대고 속삭였다.

가까스로 한자를 입력했을 때, 나는 가벼운 현기증을 느꼈다. 가게 전화번호를 알아내어 통화를 시도해보았지만 벨이 한참 울어도 받지 않는다. 혹시나 싶어서 셔터에 귀를 가까이 대보았다. 안에서 전화벨 소리가 안 들린다. 나, 요즘 이런 실수를 자주 하네. 사전에 아무것도 알아보지 않고 행동하는 게 버릇이 된 탓이다. 그러다가 손해를 봐도 이젠 태연하다. 마음이 점점 느슨해져버렸다. 하지만 왠지 그래도 좋을 것 같다.

마침 지나가던 하얀 고양이가 식당으로 걸어가는 게 보였다. 나는 전화기를 코트 주머니에 넣고, 카메라를 꺼내고, 방치된 자전거를 피해 살금살금 접근했다. 하얀 고양이는 술집에 잠시 들러 한잔 걸치고 훌쩍 떠나는 방랑자처럼 자유롭고 멋진 모습을 연출해주었다.

하얀 고양이가 내 존재를 알아차렸는지 한걸음 후퇴하며 자세를 낮춘다. 나는 고양이의 경계심을 풀어주려고 눈을 연속적으로 깜빡였지만 별 효과 없이 고양이는 옆 건물 쪽으로 쌩 도망가버렸다. 건물과 건물 사이가 쓰레기통으로 막혀 있어, 마치 브룩클린으로 가는 마지막 비상구 같았다. 고양이가 그 사이로 미끄러져 들어간다. 거

스시 가게 아저씨, 친절해요.

친 벽으로 둘러싸인 암흑 속에 두 눈이 빛났다. 나도 어깨를 움츠리면서 쓰레기통을 넘어 안쪽으로 들어가보았다. 건물 위층의 레스토랑 주방에서 프라이팬으로 뭔가를 볶는 소리가 들린다. 파칭코의 구슬 소리나 마작 게임방의 함성이나 지나가는 사람들의 발소리는 여기까지 도달하지 않는 듯했다. 건물 사이는 마치 별세계 같았다.

고양이는 내 몇 걸음 앞에서 배를 내밀고 뒹굴뒹굴 땅에 등을 비벼댔다. 늘 여기서 이러고 노는 걸까? 긴장이 좀 풀린 듯하여 가까이 다가가본다. 역시 사람에게 익숙하지 않은 고양이라 그런지, 막다른 곳에서 오른쪽으로 돌아 건물 뒤쪽과 고가 선로 벽 사이의 틈으로 모습을 감춰버렸다. 전철이 머리 위를 덜커덩덜커덩 달린다. 한걸음 내딛었는데 발밑의 젖은 널빤지가 구불텅하게 휘어진다. 안타깝지만 돌아올 수밖에 없었다. 건물 뒤쪽은 어떤 모습일까? 고양이만의 비밀스러운 정경이 감춰져 있는지도 모른다.

쓰레기통을 뛰어넘다가 아까 그 호객맨과 눈이 마주쳤다. 내가 "아!" 하고 놀라니 "수고 많으시네요"라고 작은 소리로 격려한다. 감사. 피차일반이죠.

건물 뒤편은 고양이가 다니는 길이구나. 이 하늘 아래

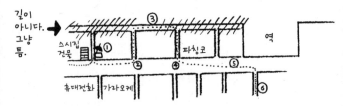

역   건 물

길이
아니다.
그냥
틈.

스시집
건물 ①

파칭코

역

휴대전화 가라오케

하얀 고양이가 지나는 길

① 식당에 들른다.
② 쓰레기통이 있는 틈으로.
③ 건물 뒤쪽으로. 내 눈엔 보이지 않는다.
④ 여기서 나왔다.
⑤ 사람 사이를 빠져나간다.
⑥ 더이상 쫓아갈 수 없다.

/////// = 비 경

에 건물 사이의 틈이 몇 군데나 있을까? 고양이 입장에서 쾌적한 틈, 그럭저럭 다닐 만한 틈, 별로 들어가고 싶지 않은 틈이 다양하게 존재하리라는 생각이 든다. 유부초밥 색깔의 고양이가 잠든 상자 쪽으로 가본다. 스시 가게 셔터는 여전히 내려진 상태. 역시 쉬는 날이었던 모양이다. '지금 몇 시지?'라며 주머니에서 휴대전화를 꺼내는데 구글에 계속 연결되어 있었다. 다음달 전화요금이 두렵다.

깜짝!
채플린의 정체

잘 안다고 믿었던 대상의 생각지도 못한 일면을 봤을 때 조금 상처 입은 듯한 느낌이 드는 건 왜일까?

예를 들어 평소에는 얌전한 동생이 애인이랑 같이 있을 때는 데이트의 주도권을 쥐고 남자를 쥐락펴락한다면 나는 적잖은 충격을 받을 것이다. 여태까지 품어왔던 이미지와는 다른 영상이 머리를 스치는 순간이다. 동생과의 관계도 달라질 것이다. 내가 여태까지 베푼 친절이나 심술이 내 의도대로 전달되지 않고 살짝 빗나갔는지도 모른다고 생각하면 좌절감에 무릎이 꺾일 것 같지만, 그런 빗나감도 나름 재미가 아닐까?

내가 사는 집 근처에는 왠지 허술해 보이는 고양이 가족이 있다. 수도공사 회사 주차장에 있는 라이트밴 아래나 맞은편 사택 정원을 들여다보면 꽤 높은 확률로 몸을 동그랗게 말고 잠든 고양이를 만날 수 있다. 그중에서도 '채플린'이라는 고양이가 있다. 채플린은 걸어서 5분 정도 거리에 있는 저택에서는 '양말'이라는 다른 이름으로 불린다. 같은 아이인데 '양말'이라 불리는 곳에서는 포악

하고, 채플린이라 불릴 때는 얌전하다. 장소에 따라 이름도 성격도 바뀌는 신기한 고양이 이야기는 예전에도 쓴 적이 있다. 그 비밀을 늘 파헤치고 싶었는데 집 근처에 사는 고양이가 주인공이니 마음만 먹으면 언제든 할 수 있다고 방심하는 사이에 아무것도 못한 채 1년이란 세월이 흘러버렸다.

알고 보면 근처라서 더 힘든데 말이다. 지나친 행동으로 주민의 눈 밖에 나면 두 번 다시 발걸음을 할 수 없게 된다. 사택 정원에 붙은 '관계자 외 출입 금지'라는 안내판의 지시를 따라야 하므로 고양이를 집요하게 관찰하긴 틀렸다고 변명하는 내 표정은 조금 거만했다. 나는 멀리서 울타리 너머 정원에 있는 채플린을 지켜볼 뿐이다. 부인이 베란다에 나와 이불 두드리는 소리를 듣고 사택의 경보 장치인 줄 알고 깜짝 놀란 적도 있다.

채플린 외에도 '단풍'이라는 이름의 밀크티 색깔 고양이와 하얀 막대 걸레처럼 생긴 장모종 고양이가 있다. 최근에는 멤버가 늘었다. 새까맣고 덩치가 큰 장모종 고양이 한 마리와 호랑이 무늬 고양이. 아파트 안 계단까지 뛰어올라가던 새하얀 고양이는 요즘 보이지 않는다. 나는 이 고양이들의 행동 패턴을 대충 파악했다.

밤중에 이 길을 지나는데, 채플린이 동백나무 아래에서 뭔가를 기다리는 것 같았다. 내가 떨어진 동백꽃잎을 주워 채플린 코에 대고 냄새를 맡으라 했는데 채플린은 차갑게 외면했다. 다음날 아침, 땅에 떨어진 동백꽃잎은 깨끗이 치워졌고, 차고 구석은 깔끔하게 청소되었으며, 현관 앞 그릇 안에 든 밥의 양은 늘어 있었다. 내가 떠난 후에 고양이 아줌마가 와서 청소를 하고 그릇에 밥을 채워놓은 모양이다. 고양이와 고양이 아줌마는 한밤중부터 아침까지 활발하게 움직이는 모양이다……라고 알지도 못하는 고양이의 일과에 대해 상상해본다.

이런 식으로 매일같이 정점관측을 해왔으므로 나는 이 고양이들에 대해 뭐든 안다고 생각했다. 다른 사람이 고양이에게 말을 거는 장면은 한 번도 본 적이 없다. 그런 짓을 하는 건 나밖에 없었다. 여기는 나만의 고양이 거리라고 강하게 믿고 있다.

오늘도 채플린을 볼 수 있을까? 역에서 고양이 거리를 향해 걷는다. 고양이 거리에 접어들었을 때, 수도공사 회사 앞에 웅크리고 앉은 여자가 보였다. 채플린에게 "그래, 잘했다" 하고 부드러운 목소리로 칭찬한다. 음음, 고양이랑 친하잖아. 케이트 스페이드 핸드백과 긴자 마쓰야 백화점 쇼핑백이 땅에 놓여 있다. 아가씨, 가방 더러워지겠네.

채플린은 앞발을 가지런히 모으고 얌전하게 앉아 여자를 올려다본 채 미동도 하지 않는다. 여자와의 거리를 1센티미터도 좁히려 하지 않는다. 벼락부자의 집 현관에나 있을 듯한 표범 형상의 장식품처럼 굳어 있다. 경계하는 것 같지는 않다. 이 여자에게 마음을 허락해도 좋은지 확인하려는 것이다. 나를 볼 때랑 똑같은 표정이다. 이 길에서 고양이에게 말을 거는 사람은 나 외에 고양이 아줌마밖에 없다고 생각했는데 조금 놀랐다. 나는 여자를 찬찬히 살펴보았다. 모피 하프코트에 하이힐, 검정색 스타킹 안의 장딴지는 통통했다. 길거리에 쭈그리고 앉기엔 너무 불편한 차림이다. 나는 채플린과 여자가 뜨겁게 시선을 교환하는 모습을 뒤에서 조용히 지켜보았다. 몇 번을 다시 봐도 채플린의 표정은 나를 대할 때와 똑같았다.

여자는 이제 됐다 싶었는지 일어나서 역 쪽으로 사라졌다. 다음은 내 차례다. 채플린에게 다가가서 그 앞에 쭈그리고 앉았다. 그 여자보다 좀더 친밀한 뭔가를 기대했지만, 채플린은 똑같은 눈빛으로 나를 응시한다. 인기

자고 있는 건 개, 하지만 여기는 고양이 거리!

분신술도 가능해요.

남에게 짝사랑을 고백하는 수많은 여자 중 하나가 된 듯
한 기분이다. 허무하다. 연달아 찾아와서 달콤한 말을 속
삭이고 가는 인간들이 우습니? 웅? 채플린.

이곳을 나만의 고양이 거리로 착각한 이유는 고양이
에게 말을 거는 사람을 여태껏 본 적이 없기 때문이었는
데, 생각해보니 이런 일도 있었다.

평소처럼 수도공사 회사 앞에서 채플린에게 말을 걸
고 있는데 회사 안에서 작업복 차림의 남자가 나오다가
나를 보고는 건물 안으로 부리나케 도망가는 것이다. 손
에 고양이 밥이 든 봉투를 들고 있었다. 내 앞에서 고양
이에게 밥을 주려니 창피했던 걸까? 밥을 주면 야단맞으
리라 생각한 걸까?

어쩌면 그도 채플린과 단둘만의 시간을 가지고 싶었
던 건지도 모른다. 내가 그 자리를 떠난 후에야 그가 밖
으로 나와서 채플린에게 손바닥을 내미는 모습이 멀리
서 보였다. 어쩐지 이 거리에는 나 말고도 고양이를 좋아
하는 사람이 많은 모양이다. 나만의 고양이 거리는 아닌
가보다.

그러던 어느 날, 평소에는 가지 않던 사택 정원 근처까
지 가보았다. 채플린이 '양말'이라는 이름으로 불리는 저

택 쪽으로 가기에 따라가본 것이다. 사택 정원 뒤편의 햇볕이 잘 드는 지점까지 왔을 때, 채플린과 꼭 닮은 고양이가 이쪽을 보고 있었다. 그뿐만이 아니다. 같은 무늬의 조금 작은 고양이 두 마리가 몸을 동그랗게 말고 있다. 채플린이 순식간에 네 마리가 되었다.

하느님, 부처님, 이 상황은 나의 지배욕에 대한 징계인가요? 내가 여태까지 채플린에게 쏟은 사랑을 각각 4분의 1씩 나눠가졌던 건가요? 나는 넷을 하나로 알았던 거다. 채플린이 아닌데도 채플린이라고 불렀다. 가끔은 맞았을 거라는 사실이 또 허무하다. 이 동네에 대해선 잘 안다고 생각했는데 계절은 흘러 가을이 되고, 고양이는 발정하여 아이를 갖고, 그에 따라 같은 무늬의 고양이가 늘어나고, 가족 구성원은 바뀌어왔다.

작은 두 마리는 아마 작년 가을에 태어났을 것이다. 그러고 보니 작년 가을에 고양이 아줌마가 "올해는 아기 고양이가 많네"라고 했던 것 같다. 대체 어디서 누가 그런 사랑의 행위를? 우리 동네에도 아직 숨은 비경이 많을 것 같다.

채플린

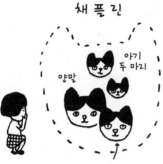

아기
두 마리

양말

진짜 채플린

단풍

호랑이무늬 고양이

장모종(깜장)

장모종(하양)

하얀 고양이
(요즘 보이지 않는다.)

고양이 여신 먀미코의
비상한 실력

고양이 여신 먀미코 씨(고양이를 좋아하여 고양이에 대한 어떤 질문에도 막힘없이 대답해주는 여성)랑, 동물과 인간의 교류를 담은 사진과 영상 전람회에 왔다. 안으로 들어가기 전에 근처 쇼핑몰 식당가에서 밥을 먹기로 했다. 어디가 맛있을지 고민을 거듭하다가 결국 카레 전문점으로 들어갔다(밥이 그냥 밥이 아니라 간이 된 밥이라는 이유로). 카레를 두 접시 비우고 디저트로 초콜릿 케이크도 먹고 만족스럽게 특설 전시장으로 향했다.

안으로 들어가니, 큰 종이에 인쇄된 세피아색 사진이 천장에 매달려 있다. 순서에 따라 천천히 관람한다. 코끼리, 고래, 새, 원숭이들, 소년과 춤추는 여인, 노인이 함께 즐기는 사진. 포토샵을 거치지 않고 카메라로 찍은 기록을 그대로 전시했다고 입구에서 받은 팸플릿에 적혀 있었다. 사진에 찍힌 사람이 눈을 감고 있어서 그런지, 시간도 공기도 정지한 듯 느껴졌다. 이 세상이 아닌 다른 장소처럼 보여 기분이 묘했다. 육식동물 옆에 알몸으로 드러누운 사람을 찍은 사진도 있었다. 동물도 인간도 용케 참았구나.

전시된 사진들 사이에 커다란 스크린이 설치되어 있고 그 위로 영화 같은 것이 흐르고 있었다. 숨을 헐떡거리는 하이에나 무리 앞에서 안데르센의 『빨간 구두』처럼 눈을 감고 춤추는 여인이 느린 화면으로 재생된다. 하이에나는 머리를 마구 흔들며 몸을 비트는 인간을 이때 처음 봤을 것이다. 하이에나들아, 이 여인은 지금 뭘 하고 있을까? 혹시 괜찮다면 네 생각을 들려주지 않으련?

"눈을 감는 건 순수해지기 위해서지. 눈을 감고 입을 다물었을 때 비로소 순수한 존재가 되는 거야. 자기가 지닌 힘을 모두 안에 가둔 거잖아? 게다가 맹수 앞에서 알몸이야. 자기 몸을 맹수한테 맡긴 거지. 순수하다는 거, 참 좋잖아?"

조금 껄렁해 보이는 아저씨가 함께 있는 여자에게 이런 감상을 이야기한다. 평일 낮의 두 사람. 조명을 어둡게 한 비일상적인 장소에서 '알몸' '몸을 맹수에게 맡긴' '눈을 감고' '안'이라는 단어를 들으니 '순수'에 수상한 의미가 담겨 있다는 게 바로 느껴졌다. 아가씨, 이 하이에나를 조심하길!

내가 생각했던 것을 메모해둔다.

- 오늘 본 영상은 처음부터 끝까지 느린 화면이었다.
- 그래서 새의 날갯짓이 더 우아하고 고귀했다.
- 새나 악어가 눈을 깜빡이는 동작까지 아름답게 느껴졌다. 움직임이 빠르면 확실히 우아함과는 거리가 멀어진다.
- 그러니 나도 천천히 느리게 움직여야겠다. 손가락도 말미잘이 바닷속에서 흔들리듯 나긋나긋 움직이고 싶다. 계산대 앞에서도 서두르지 말고 시간을 충분히 들여 동전을 하나하나 꺼내고 싶다.

돌아가는 길에 긴자까지 고양이를 보러 갔다.

뒷골목의 작은 신사에서 고양이가 혼자 밥을 먹으러 왔다. 민가 현관에서는 새까만 고양이와 하양에 깜장이 섞인 얼룩 고양이도 보았다. 정원수 안쪽에 골판지 상자로 만든 2층 침대가 있었다. 수건을 깔고 담요로 감싸고 그 위에 표범 무늬 무릎담요 같은 천을 뒤집어씌운 것이 집이었다. 검은 고양이는 밥을 다 먹고 우리가 좋은 사람인지 아닌지 혼자 품평하다가 졸음에 못 이겨 앉은 채로

꾸벅꾸벅 상반신을 흔든다. 깜짝 놀라 몸을 똑바로 세웠다가도 또 금세 눈이 감긴다.

얼룩 고양이는 밥을 다 먹고 만족스러운 듯 입 주위를 혀로 날름날름 핥았다. 더할 나위 없이 평화로운 풍경이다. 고양이 여신이 "입 주위에 아직 묻었어"라고 지적하니, 그 말을 알아들었는지 혀를 능숙하게 뒤집더니 남은 음식물을 날름 핥는다.

나는 그만 "날름아"라고 소리 내어 불러버렸다. '날름이'라는 단어는 입 주위에 묻은 음식물을 혀로 날름 핥는 사람을 일컫는 나만의 비공식적인 호칭이다. 여태까지 마음속으로만 생각했지 입 밖으로 표현한 적은 없는데……

'이 장면을 찍어둬야지!'라고 생각하고 촬영을 시도하는데 막상 셔터를 누르려고 하면 골탕을 먹이려는 건지 고개를 휙 돌려버린다. 사실은 신경쓰고 있지? 옆을 보는 척하지만 커다란 귀는 이쪽을 향하고 있다는 거 다 알아. "사진 찍히는 걸 싫어하는 고양이도 있지요"라며 나는 포기했는데, 고양이 여신은 간단히 정면 사진 촬영에 성공했다. 그녀의 실력을 확인한 순간이었다.

정원수와 고양이는 썩 잘 어울렸다. 우리는 넋을 잃고

보다가 천천히 긴자의 밤거리를 걸었다. 봄철의 공기에서 달콤하면서도 무거운 냄새가 났다. 싹트기 시작한 식물 냄새, 동물과 사람의 모공에서 발산되는 피지와 땀냄새, 갓길의 흙냄새, 입은 옷에 밴 냄새, 건물에서 흘러나오는 냄새. 겨울 동안 단단히 봉쇄되었던 것이 일제히 눈을 뜨는 듯한 느낌이다.

이제 슬슬 돌아가야 할 시간인데, 우리는 아직 돌아가고 싶지 않았다. 먀미코 씨, 이제 어디로 갈까요? 망설이면서 멀리 돌아 역을 향해 걷는데 패션 매장 쇼윈도 앞에서 한 여자가 고양이를 쓰다듬고 있었다. 나와 고양이 여신은 방해가 되지 않도록 멀리서 바라보았다. 고양이는 엉덩이를 유리에 붙인 채 몸을 동그랗게 말고 있었다. 여자가 손바닥으로 어루만질 때마다 엉덩이도 유리에 스쳐 기분이 좋아 보인다. 참으로 꾀 많은 고양이다.

여자가 그 자리를 떠나고, 이제 우리가 접근한다. 넉살 좋은 고양이다. 우리 다리 사이를 여봐란듯이 지나가더니 길가에 선 나무에 머리만 집어넣고 자벌레처럼 몸을 늘였다 줄였다 한다. 이 고양이 특이하다……. 이 기이한 행동은 대체 뭘까? "고양이 여신님, 이 아이 지금 뭐하는 걸까요?"라고 물으니 "뭔가 볼일이 있는 척해야 한다고

자고 갈래?

생각하나봐요"라고 대답했다. 그렇구나. 듣고 보니 그런 것 같았다.

　고양이는 한동안 몸을 늘였다 줄였다 하다가 드디어 나무 사이에서 탈출했는데, 마침 지나가던 여성이 그 모습을 보았다. "어머나" 하고 감탄하는 여자의 눈은 반짝 반짝 빛났다. 아기랑 볼을 비비고 싶은 엄마처럼 얼굴을 가까이 댄 순간, 고양이가 꺄옹 하고 위협했다. 여자의 표정이 흐려지니 완전히 딴사람 같았다. 눈살을 찌푸리 며 비틀비틀 뒷걸음으로 그 자리를 떠나버렸다.

　"미로짱은 자기 몸을 절대로 못 만지게 해요"라고 바로 뒤에서 다른 여자가 말을 걸어왔다. 그녀는 짝사랑에 애타는 듯한 눈빛으로 "매일 이 길을 지나는데 만지려고 하면 도망가버려요. 바로 옆 레스토랑에서 기르는 고양이거든요. 그럼 수고하세요"라고 가르쳐준 후에 쇼핑 카트를 덜커덩덜커덩 끌면서 돌아갔다. 고양이 한 마리가 대체 몇 사람의 발걸음을 멈추게 한 건가?

　고양이 여신이 미로짱 옆에 걸터앉더니 꼬리 쪽부터 시작하여 등을 살짝 어루만진다. "만졌다!" 고양이 여신이 여유롭게 미소 짓는다. 미로짱 눈이 가늘어지는 걸 보니 기분이 좋은 모양이다. "이렇게 하면 좋아해요"라며 날름이는 이름이 '푸짱'이었다.
10년 전부터 여기서 밥을 얻어먹으면서,
절대 만지지 못하게 한단다.

(고양이 여신에게 얻은 정보.)
(고양이 여신은 뭐든지 안다.)

← 표범 무늬 천.
　강해 보인다.

← 2층짜리 골판지 상자.
　담요가 깔려 있다.

검은 고양이가
한 마리 더 있다.

양손으로 미로짱의 얼굴을 감싸고 광대뼈를 마사지해준다. 고양이는 어떤 기준으로 사람을 고르는 걸까? 낯가리는 고양이가 내 친구를 좋아한다는 데에서 오는 기쁨과, 나도 같은 부류에 속하는 인간이라는 자부심을 동시에 느낀다. 처음 만나는 길고양이를 마치 오랜 시간을 함께 한 반려묘인 듯이 쓰다듬는 고양이 여신다운 모습에 무심코 손을 모으고 경배하고 싶은 봄날 밤이다.

눈부시게 아름다운 거리를 벗어나 사람이 별로 없는 지하철 승강장까지 왔다. 밤거리와 달리 구석구석까지 비추는 형광등 빛 아래에서는 서로의 얼굴이 또렷하게 보였다. 우리는 서로 다른 전철을 이용하기에 여기서 헤어져야 했다. 나는 "즐거웠어요. 그럼 또 봐요"라며 먼지라도 털어내듯 손을 흔들었다. 그런데 고양이 여신은 떠나려 하지 않고 내 입술을 빤히 쳐다본다. 키가 작은 고양이 여신의 얼굴이 아래쪽에서 천천히 다가왔다.

"하루밍 씨, 입가에 초콜릿 케이크, 아직 묻어 있어요."

돌아가는 전철은 무척 비좁았지만 다음 역에서 기적처럼 내 앞자리가 비었다. 나는 이 빠진 잇몸처럼 생긴 곳에 엉덩이를 묻고 행복한 기분에 젖은 채 집으로 돌아왔다.

미용사 다마짱이
남긴 메모

친구가 소개해준 C 미용실이 의외로 나랑 궁합이 잘 맞아서 벌써 7년째 다니고 있다. 큰길에서 샛길로 빠져 높은 계단을 꼭대기까지 오르면 산뜻한 흰색 상자처럼 생긴 가게가 서 있다. 사유지 쪽 벽은 전체가 유리면이다. 맞은편엔 크레이프 가게가 있고 바로 옆은 가와카미 씨 집인데, 그곳엔 할머니 혼자 살고 계시다고 한다.

나는 여기서 염색을 하면서 미용 보조인 다마짱에게 고양이 이야기 듣는 걸 좋아했다. 의자에 앉아 비닐 가운을 입은 채 멍하니 밖을 바라보다가 유리 너머로 몇 마리의 고양이가 지나가는 걸 자주 목격했다. 나는 매번 다마짱에게 이렇게 묻는다.

"고양이 잘 있나요?"

그때 다마짱은 염색약이 묻지 않도록 내 귀에 캡을 씌우던 중이었다. 금발의 버섯머리가 잘 어울리는 자그마한 몸집의 다마짱은 얼굴은 희고 매끄러운데 손가락은 두툼하고 늘 빨갛게 튼 상태다.

"네, 요즘 자주 보여요."

내 귀가 특이한 형태인지, 다마짱이 캡을 씌우느라 애먹고 있다.

"고양이 사료 광고를 본 적 있어요? 그거 우리 가게 뒤에서 촬영했잖아요."

그랬구나. 좋은 정보를 얻었다. 그 광고에 나온 골목길이 여기였다니. 아아, 재미있네.

한 달 후.

"고양이 잘 있나요?"

"오늘은 저기 있는 화분 냄새를 하나하나 맡고 가더라고요."

"아하하, 전부?"

다마짱은 아침 아홉시쯤 가게에 나와서 밤 열한시까지 일한다.

"좋겠다. 여기 있으면 하루종일 고양이를 볼 수 있잖아요. 좋은 데서 일하시네요."

"후후. 그런가요?"

햇빛을 품은 가게는 밝고 따스했다. 태양이 기울어 저녁이 되면 점점 짙은 청색의 암흑에 감싸이면서 공기와 시간이 서로에게 녹아든다.

그로부터 또 한 달 후.

다마짱이 내 머리를 감겨줄 때, 나는 위를 보고 누운 상태로 "고양이 잘 있나요?"라고 물었다.

"오늘 아침에 가게 문 열 때 입구로 들어왔다가 뒷문으로 나갔어요. 그리고 나가서 다른 고양이를 덮쳤어요."

다마짱이 하는 이야기는 정확하고 적절하다. 군더더기가 없다. 말을 짧게 하는데, 고양이의 고양이다운 몸짓은 하나도 놓치지 않는다. 다마짱이 조금 거리를 두고 고양이를 관찰하는 걸 보면, '정말 사냥꾼 같군. 한 방에 숨통을 끊어놓는 맹금류와 다를 바 없어'라는 생각이 들면서 존경심을 품게 된다.

또다른 날. 그날은 손님이 많아서 담당 미용사 T씨가 무척 바빠 보였다. 나는 비닐 가운을 입은 채 꽤 오래 기다린 것 같다. 다마짱도 여유가 없어서 다른 사람이 머리를 말려주었다. 일자로 곧게 뻗은 머리를 원했는데, 완성된 헤어스타일은 곱슬곱슬하게 퍼져 있었다. 우울해하는 나를 "미안해요"라고 위로하며 T씨가 배웅해주었지만, 그후로는 가고 싶은 마음이 생기지 않아 점점 소원해지고 말았다.

어느 날 밤. 약을 먹어도 복통이 낫지 않아서 일찌감치 이불 덮고 누웠다가 이상한 꿈을 꿨다. 꿈속에서도 배가 아픈 것 같았다. 나는 그 미용실로 이어지는 콘크리트 계단에 서 있었다. 배를 움켜쥐고 택시가 지나가기를 기다리는데 고양이가 나타났다. 눈부시게 반짝이는 순백의 벽에 쭈그리고 앉은 내 그림자가 비쳤다. 그림자가 움직일 때마다 고양이가 깡충깡충 뛰며 그림자와 장난을 쳤다. 두 그림자가 춤을 추면서 벽 가득 거대해진다. 아아, 고양이는 이게 재미있구나. 나는 배가 아파도 애벌레처럼 몸을 비틀어 그림자를 계속 움직이면서 고양이와 신나게 놀았다.

이제 미용실 이야기를 해볼까? 내 머리카락은 제멋대로 자라서 더이상 참을 수 없을 지경에 이르렀다. 전화를 걸어 내일이나 모레가 아니라 "지금 당장 자르고 싶어요"라고 했다. 아슬아슬하게 예약 성공. 도착하니 다마쨩이 샴푸실로 안내해준다. 나는 드러누워서 언제나처럼 명치 부위에 양손을 올리고 얌전히 기다렸다. 잠시 후 다마쨩의 손이 슥삭슥삭 내 머리카락을 만지기 시작했고, 다마쨩의 입은 이렇게 말했다.

"하루밍 씨, 저, 내일 여기 그만둬요. 못 만날 줄 알았는데, 오늘 오신다고 해서 깜짝 놀랐어요."

어디로 가는지 물었지만, 괜한 말은 하지 않는 성격인

다마짱이 그런 이야기까지 할 리 없었다. 마음이 어수선해진다. 나는 이런 것에 약하다. 이제 겨우 친해졌는데 만날 수 없게 되다니. 어릴 적 나를 힘들게 했던 '신학기 반 편성'의 공포가 되살아나는 듯했다. 어른이 되어 겨우 벗어났나 싶었는데 결국은 아무것도 바뀌지 않았다. 마음이 심하게 동요하여, 지금 하고 싶은 말은 전혀 다른 내용인데, 어느 카페의 맛있었던 달걀 샌드위치 이야기를 주절주절 늘어놓고 말았다. 다마짱이 "저도 거기 가볼 래요. 이제 한가하니까"라고 한다. 나는 가까스로 흥분을 가라앉히고 가만히 눈을 감았다.

계산할 때 다마짱이 작은 종잇조각을 건네주었다. 트럼프 정도의 크기로 자른 질감이 좀 거친 종이 세 장을 스테이플러로 고정한 것이었다.

다마짱이 한 달 반에 걸쳐 고양이의 행동을 기록한 메모지였다. 볼펜으로 쓴 동글동글한 글자가 요리조리 춤춘다. "하루밍 씨에게 전해달라고 부탁하고 여기 맡기고 갈 생각이었어요."

나는 마음이 진정되지 않아서 얼른 집에 돌아가고 싶었다. 평소와 달리 정색을 한 다마짱의 이별 인사를 들은 후, 나는 금세라도 찢어질 듯한 종잇조각을 노트에 끼워서 가지고 왔다.

단순한 메모가 아니라 그야말로 놀랄 만한 기록이었다. 여태까지 본 적 없는 고양이의 모습이 명료하게 드러나 있었다. 내가 썼으면 3천 자 정도는 될 법한 내용을 다마짱은 불과 몇 줄로 표현했다. 손님을 대할 때 '쓸데없는 말은 하지 않고, 중요한 사항은 놓치지 않는다'는 다마짱의 자세가 고양이에게도 그대로 적용된 것이다. 다마짱의 메모를 아래에 옮겨본다('C'는 미용실 이름).

×월 ×일 15시 30분쯤. 고양이 1이 가와카미 씨 집 쪽에서 나옴. C를 흘끗 본 후 계단으로.

×월 ×일 9시 45분쯤. 고양이 2가 가와카미 씨 집에서 계단으로. 고양이 1은 계단에서 내려와 C 앞을 서성거림. 크레이프 가게에 있던 손님이 귀여워해줌 → 가와카미 씨 집 쪽으로.

×월 ×일 9시 50분쯤. 아메리칸 쇼트헤어가 일광욕. 계단 위에서.

×월 ×일 12시 20분쯤. 아메리칸 쇼트헤어와 네코무라 씨가 사이좋게 모리모토 씨 집으로 들어감.

×월 ×일. 아메리칸 쇼트헤어가 쥐를 물고 졸랑졸

고양이가 있는 것 같다…….

여길 어떻게 알았어?

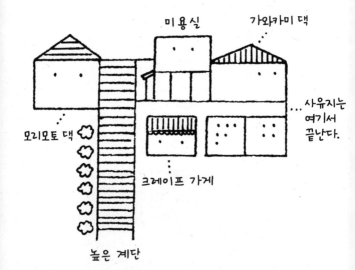

미용실

가와카미 댁

사유지는
여기서
끝난다.

모리모토 댁

크레이프 가게

높은 계단

랑……. 크레이프 가게에 있던 손님이 깜짝 놀랐다.
C 손님도 깜짝. 늠름하다.

×월 ×일. 다음날 아침 아기 고양이 두 마리 발견. 검
은색.

×월 ×일. 아침에 아메리칸 쇼트헤어가 어묵을 물고
돌아다님. 입에 잘 물고 다니는 녀석.

×월 ×일. 어쩌면 아메리칸 쇼트헤어가 엄마일지도.
19시쯤 C 앞을 셋이서 어슬렁어슬렁. 아기 고양이와
C의 돼지가 장난쳤다.

×월 ×일 11시쯤. 또 어묵을 물고 왔다(아메리칸 쇼트
헤어).

고양이는 어묵을 대체 어디서 구하는 걸까? 'C의 돼지'
는 또 뭘까? 이런 큰 의문을 남기고 다마짱은 사라졌다.

다마짱이 나간 후 다른 보조도 그만두고 모두 새 얼굴
로 바뀌었다. 내가 아는 사람은 베테랑 T선생뿐이다. 나
는 고양이가 가게 앞을 지나는 걸 보고 문득 생각나서
"다마짱, 잘 지낼까요?"라고 T씨에게 물어보았다.

"다마짱이 누구죠?" 하면서 T씨가 손을 멈춘다.

"어? 얼마 전에 그만둔 분……."

그녀의 이름은 다마짱이 아니었다. '다마짱'이라고 나 혼자 멋대로 믿었을 뿐. 고양이 이야기는 많이 했지만, 그러고 보니 단 한 번도 그녀의 이름을 부른 적이 없었다. 나도 '다마짱'이라는 이름에 확신이 없어서 부르지 못했던 것 같기도 하다.

"나는 왜 그분 이름을 '다마짱'이라고 생각했을까요? 진짜 이름이 뭐였나요?"

"나카야 카나 씨예요. 바로 읽어도 거꾸로 읽어도 나카야카나."

지금은 사무직 일을 하고 있다고 한다.

한밤중의 긴자 산책에서
얻은 수확

동네에서 고양이를 쫓아가다보면 오래 살아 익숙한 마을 안에도 숨은 비경이 있어서 모험하는 기분을 느낄 수 있다는 글을 여태까지 몇 번인가 쓴 적이 있는데, 마을뿐만 아니라 집 안에도 아직 모험의 여지가 있다는 사실을 이번에 깨달았다.

고양이 화장실이 그렇다. 실내에서 기르는 고양이 화장실은 전용 상자에 '고양이 모래'를 깔고 방 한쪽 구석에 놔두는 경우가 많다. '인공 모래'는 고양이 오줌을 응고시켜 냄새를 없애는 기능을 한다.

어느 날 집에 있는 고양이 화장실을 보고 '여기서 나도 눌 수 있을까?'를 생각했다. 인간용 화장실이 고장 났을 때 고양이 화장실을 빌리면 좋겠다. 고양이 오줌도 내 오줌도 성분은 비슷할 테니까. 우리집 고양이 화장실은 부엌 기둥 뒤에 있다. 상상해본다. 모래 양 OK. 상자 아래 신문지도 OK. 이 정도면 내 오줌도 충분히 받아낼 것이다.

그런데 부엌에서 속옷을 내리는 건 좀…… '아무도 안

보니 괜찮아'라고 하지만, 이 엄청난 거북함은 어쩔 수 없다. 화장실 외의 장소에서 오줌을 누는 일은 상당한 모험이라는 사실을 이때 깨달았다. '늘 같은 방에서 자면 싫증이 나니 오늘은 부엌에서 자보자'라고 마음먹는 게 차라리 나을 것 같다.

앗, 죄송. 고양이에 얽힌 모험을 이야기하기로 했었지.

4월 중순, 고양이 스토킹 일을 의뢰받고 긴자로 나갔다. 취미로 하던 일인데 의뢰를 받을 줄이야! 이런 짓을 하고 돈을 받다니 왠지 미안하다. 아침 여섯시에 집합하여 이른 아침 긴자 거리의 고양이를 취재한다는 일정이었으므로, 지각 대장인 나는 전날 호텔에 묵기로 했다. 새벽 첫차를 타도 괜찮을 테지만, 근처에 숙소를 잡아두면 밤새 긴자 고양이를 볼 수 있을 것 같아서……. 좋은 기회라 여기고 밤거리로 나갔다. 혼자 스페인 식당에 들어가 저녁 식사를 한다. 술을 마셨더니 기분이 느긋해진다. 대구살과 감자를 으깨서 튀긴 고로케와 바지락찜을 실컷 먹었다. 목욕탕 물에 잠긴 듯 몸이 풀어지면서 슬슬 졸린다. 지금 당장 호텔 침대로 쏙 들어갈 수 있다면 얼마나 좋을까? 밤 한시 반이 지나면 가게를 나서서 막차가 떠난 후의 긴자 거리를 걸어야 한다. 사람이 다니지 않는 길을 유유히 걷는 고양이를 보고 싶기 때문이다.

사람도 차도 없는 긴자 대로를 걷고 있는데 바다 쪽에서 불어온 바람이 휘익 지나간다. 그제야 긴자가 바다와 가까운 거리라는 사실이 새삼 떠오른다. 길은 넓은데 휑하니 아무도 없다. 길 한복판에서 손 짚고 옆 돌기라도 하고 싶은 기분. 그때 그 '날름이'는 오늘 뭐하고 있을까? 그 집 앞에 가보니 화분 너머 고양이 이층집이 보인다. 모두 잠들어 고요하다. 살짝 다가가서 상자 안을 들여다본다. 날름이는 아래층에 담요를 뒤집어쓰고 있다. 밤엔 안 돌아다니고 착하게 여기서 자는구나. 인기척을 느꼈는지 날름이가 눈을 게슴츠레 뜬다. 문손잡이가 반회전하듯 작은 머리를 슬쩍 돌리고 잠시 몸을 뒤척였다. 그자리에 한참 서 있었지만 밖으로 나갈 기색은 전혀 보이지 않았다. 인간이랑 함께 사는 고양이는 활동 시간을 인간의 일과에 맞추는지도 모르겠다. 날름이도 이 집 주인이 일어나는 아침까지 여기서 얌전히 있을 것 같다는 생각을 했다.

바스락바스락 소리가 나는 쪽을 보니 하얀 고양이가 쓰레기봉투에 머리를 처박고 있다. 자기가 원하는 것만 끄집어내더니 그 자리에서 바로 먹지 않고 구석까지 입에 물고 가서 땅에 놓고 먹는다. 다 먹고 나자 이번에는 연어 껍질 같은 회색의 미끈한 물체를 끄집어내어 또 종종걸음으로 구석까지 옮긴다. 그건 맛이 없었던 모양이다. 나중에 보니, 비오는 날 차바퀴에 밟힌 목장갑처럼 땅에 철썩 달라붙은 채 남아 있었다.

고양이가 이번에는 술집으로 다가간다. 닫힌 가게 문 앞에 물수건이 산더미처럼 쌓여 있다. 고양이는 그 물수건 산을 뛰어넘어 문 아래 틈에 코를 박고 뭔가 확인하려는 듯 냄새를 맡았다. 가게는 이제 막 영업이 끝난 모양이다. 그런 분위기가 문틈으로 새어나왔다. 자세히 보니 물수건 산 옆에 어린 고양이가 한 마리 있다. 도망치지 않고 가만히 있는 걸 보니 둘이 친한 모양이다. 내가 "너 항상 여기서 지내니?"라고 말을 건 순간, 어린 고양이가 깜짝 놀라 입체주차장 안으로 부리나케 도망가버렸다.

문 주변을 살피던 고양이가 이제 점검이 끝났는지 어린 고양이를 따라 입체주차장 쪽으로 천천히 걸어간다. 텅 빈 주차장에 차가 한 대 세워져 있는데, 어린 고양이가 그 밑에 들어가 경계 어린 눈빛으로 이쪽을 응시하고 있다. 차 아래에 숨는다는 것은 갑옷으로 무장한다는 것과 같은 의미가 아닐까? 몸을 몇 배나 크게 보이게끔 만

들어주는 특수 의상으로 생각하는지도 모른다. 문득 아래를 내려다보니 내 발밑에 '점검 고양이'가 다가와 있었다. 차 밑에 있는 고양이에게 "괜찮아, 여기 네 친구도 있잖아"라고 말을 걸어보지만 아무 반응이 없다.

한참을 보고 있어도 도무지 움직일 것 같지 않아서 거리를 한 바퀴 더 배회한 후에 다시 입체주차장으로 가보았다. 차 밑에서 어린 고양이가 사라졌다. 주차장에 차를 싣는 철판이 아래에 세 개, 위에 세 개 나란히 달려 있는데, 철판과 콘크리트 지면 사이에 20센티 정도의 틈이 있고 그보다 아래로는 판이 내려가지 않는 구조이다. 지금 저 아래로 10엔짜리 동전을 떨어뜨리면 어떻게 될까? 청소기로 빨아들일 수밖에 없을 것이다. 그런데 청소기는 어디서 빌리지…… 왠지 불안해진다. 내가 이렇게 기묘한 강박관념을 가지게 된 것은 유치원 시절 이웃에 사는 개구쟁이에게 "이 합판 틈에 10엔 넣으면 주스 나온다. 이거 그냥 벽으로 보이지만 사실은 자동판매기야"라는 말에 속아서 10엔을 잃은 적이 있기 때문이다.

앗, 또 이야기가 샛길로 빠졌다. 점검 고양이는 울퉁불퉁한 지면을 왔다갔다하면서 뭔가를 찾는 것 같았는데, 갑자기 와옹, 와옹, 하고 지금까지 들어본 적 없는 소

리로 크게 울기 시작했다. 주차장 벽에 반사되어 메아리
가 구슬프게 울린다. 울음소리가 멈춰서 보니 고양이가
철판 아래 틈으로 머리를 처박고 쑥쑥 들어간다. 잠시 후
조용해진다. 나도 머리를 땅에 대고 철판 아래를 들여다
보았지만, 입구 쪽만 보이고 안쪽까지는 어두워서 보이
지 않았다. 어쩌면 둘이 이 안에서 자고 있는지도 모르겠
다는 생각이 들었다. 이런 살풍경한 곳에서? 라고 생각
했지만 철판에 손바닥을 대보니 제법 따뜻하여 침대로
안성맞춤이었다. 고양이는 정말로 현명하다.

　호텔로 돌아가는 길에 쓰레기를 뒤지는 남자를 보았
다. 노숙 생활을 시작한 지 얼마 안 된 모양이다. 머리카
락도 노랗게 염색한 부분이 남아 있고 복장도 말쑥하고,
아직 지저분해지지 않았다. 익숙하지 않은 손놀림으로
조심스럽게 뒤지고 있다. 그런 자세로는 아직 멀었어. 고
양이한테 한 수 배워야겠다.

20미터 이내라면 보인다.

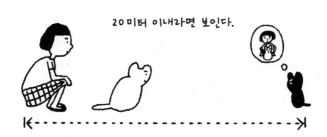

고양이의 시력은 의외로 나빠서
20미터 이상 떨어지면
희미하게 보인다고 한다.

밥
먹어—

20미터 이상 떨어진 곳에서 본
주인(상상).

장마철 베란다에서
정점관측

발목을 삐는 바람에 밖에 나갈 수 없게 되어, 가끔 병원에
갈 때 외에는 집에서 한걸음도 나가지 않았다. 깁스를 한
다리로 매일 창가로 의자를 옮겨놓고 앉아서 밖을 본다.
주차장에 왜건이 장기짝처럼 배치되어 있다. 저건 포. 저
건 졸. 맑은데 푸르지 않은 하늘. 어쩐지 도쿄다운 하늘.
풀숲에 회색 여행용 가방이 방치되어 있다. 저 가방, 저기
놓여 있은 지 1년이 넘었다. '위패라도 들어 있으면 어쩌
지?' 하고 마음을 졸이며 바라보는데, 초인종이 울렸다.

"택배 왔습니다."

네네, 하면서 현관으로 나가 상자를 받는다. 아마낫토
(甘納豆, 삶은 콩이나 팥을 꿀물에 졸여 설탕에 버무린 과자—
옮긴이). 고양이가 여행하는 소설을 집필중인 대선배가
보낸 선물이었다. 문득 그 소설 속 한 장면이 떠오른다.
비오는 날 길고양이가 "장마철엔 아무도 밖에 안 나오니
누구도 만날 수가 없어"라고 중얼거리며 쓸쓸히 하늘을
올려다보는 장면이 좋았지. 비오는 날은 나도 못 나가네.
목발을 짚으면 우산을 쓸 수 없으니.

의자로 돌아와 또 밖을 본다. 고양이가 왔다. 네 발 달린 동물끼리 친하게 지내보자. 맞은편 저택에 사는 갈색 얼룩 고양이다. 주차장에 정찰 나오셨습니까? 아직 밝은데 오늘은 일찍 나오셨네요, 하면서 시계를 보니 벌써 네시다. 해가 길어진 것이다. 갈색 얼룩 고양이가 풀을 씹으면서 나풀나풀 날아온 하얀 나비를 올려다본다. 초고감도 고양이 센서에 의해 점프해도 닿지 않는 높이라고 즉시 판단했는지 '난 몰라'라는 얼굴로 다시 풀에 몰두한다. 포기가 빠른 녀석이다.

저택 창고 위는 까마귀들의 아지트다. 고양이가 주차장으로 나오자 까마귀 세 마리가 시끄럽게 울어댄다. 까마귀 울음소리에 이어 이번에는 누군가의 엄마가 내지르는 고함소리가 들린다. "그쪽으로 가면 안 된다고 몇 번이나 말했어!"는 이미 엄마임을 포기하는 목소리였다. 분노의 바늘이 눈금을 넘어선 듯 날카로운 소리다. 듣는 것만으로 무섭다. "잘못했어요, 잘못했어요!" 하는 여자아이의 목소리가 겹쳐진다. 나는 베란다로 기어나가 상하좌우를 둘러보았지만 어느 집인지 알 수 없었다. 창문을 슬쩍 닫았다.

저녁에도 창문을 열고 밖을 본다. 고양이도 산책하러

나왔는지 내 방 창문 바로 옆에서 이따금 바스락거린다. 아마 똥이나 오줌 누러 왔을 테지. 한밤중의 주차장은 빛도 없고 캄캄한 수영장 같다. 처음엔 땅에 있는 게 아무것도 보이지 않지만, 조금씩 눈이 적응하면 군데군데 풀이 자란 부분이라든지 웅덩이 모양이 희미하게 떠오른다. 암흑 속에서 고양이를 찾으려면 어둠 속에서도 특히 까만 게 모여 있는 지점이나 확 밝아지는 지점에 초점을 맞추고 응시한다. 눈은 되도록 깜빡이지 않는다. 그게 만약 고양이라면 잠시 후 반드시 움직일 테니까.

내가 이 기술을 습득할 수 있었던 건 어느 봄날 한밤중에 창밖에서 "으르르릉, 꺄옹" 하는 고양이 소리를 들었기 때문이다. 수고양이가 사랑하는 암고양이를 얻기 위해 라이벌을 쫓아내는 소리였다. 나는 고양이의 성교 장면을 보고 싶어 여러 노력을 기울인 끝에 마침내 암흑에 적응한 것이었다.

이 부근에는 두세 개의 고양이 그룹이 있다. 어느 날부터 모습이 보이지 않는 고양이도 있는데, 신기하게도 그룹 전체의 고양이 수는 늘지도 줄지도 않는다. 누군가 사라지면 그 대신 아기 고양이가 새로 들어오기도 한다. 아기 고양이가 있다는 건, 말하자면, 그런, 것이다……. 그

맑은 날의 고양이 in 주차장

15:20

15:30

본 적 없는 고양이.
어디서 왔을까?

16:01

16:07

16:12
검은 개가 왔다.
(산책중)

16:17
일어난다!!

16:18
방향을
바꿨을 뿐이다.

16:23 벌써 해가 기울기 시작했다.

까마귀가 왔다.
주목!

등에
← 흰 털

16:29
까마귀가 계속 떠든다.

17:03
차 밑으로
사라진다.

런데도 고양이의 성교 장면을 실제로 목격한 적이 없다니. 대체 어디서 이루어지는 것인지 못내 궁금했다.

그날 밤 마침내 그 소리가 들려서 "앗" 하고 재빨리 베란다로 뛰쳐나가 소리 나는 쪽으로 눈과 귀를 힘껏 열었다. 하얀 고양이가 라이트밴 너머 뭔가에 집중하고 있었다. 두 고양이가 라이트밴을 사이에 두고 밀고 당기는 중인 모양이다. 하얀 고양이가 주차장의 넓게 비어 있는 곳에 자리를 잡고 좀처럼 움직이지 않는다. 고양이 두 마리와 나의 끈기 싸움이다. 한 장면도 놓치지 않으려고 자세를 낮추면서 무게중심을 이동시킨 순간, 불빛을 등지고 있던 내 그림자가 크게 움직여 고양이를 덮치고 말았다. 히말라야의 브로켄 현상인가? 앗, 하고 동요하는 사이에 그만 고양이를 놓치고 말았다. 아, 실패했다……. 아쉬운 마음으로 방에 들어와 휘황찬란한 불빛 아래에서 반려묘의 부드러운 배를 간지럽히며 놀았던 기억이 난다.

저택을 둘러싼 나무들을 밤에 보니 시커멓고 거대한 고질라 같다. 재미있다. 야, 반려묘. 넌 안 나가도 괜찮아? 고양이는 대답 대신, 깁스를 한 내 다리를 훌쩍 뛰어넘었다.

고양이가 인간을
뜨겁게 감시하는 섬

어느 반도 끝에 있는 항구 도시를 돌다가 고양이를 보러
죠가시마(城ヶ島)까지 왔다.

급행열차가 종착역에 도착하여 문이 덜커덩 열리자,
굉장한 핀 힐을 신은 여자가 나를 앞지르더니 계단을 뛰
어 올라간다. 젊다. 나도 빨리 저런 샌들 신고 달리고 싶
다(골절이 완치된 지 얼마 지나지 않았기에 넘어지지 않도록
바닥 면적을 중시한 신발을 선택했다).

약간 흐림. 이윽고 안개비. 항구 쪽으로 내려가는 버스
를 타고, 어릴 적 본 적이 있는 예스러운 마을을 빠져나
간다. 바닷바람으로 색이 바랜 간판이나 페인트가 군데
군데 벗겨진 집들을 바라보고 있으니 그제야 바닷가 마
을에 왔다는 실감이 났다.

모퉁이를 돌자 축제용 가마를 짊어진 무리로 길이 꽉
차 있었다. 포장마차가 늘어선 거리는 색색의 유카타와
전통 의상을 입은 남녀노소로 몹시 혼잡했다. 스님 한 분
이 화단 구석에 앉아 야키소바를 쓸어넣듯 먹고 있다.

버스에서 내려 생선 요리점에 들어갔다. 가게는 손님

들로 만원이었다. 우리도 가게에 들어가기까지 한 시간 이상을 기다렸다. 가게를 지휘하는 아주머니의 목소리가 어떠한 요구도 묵살할 듯한 기세여서, 나랑 동행한 풍사마는 시키는 대로 방에 들어가 주문을 받으러 와주기만을 얌전히 기다렸다. 가까스로 생선을 얻은 사람들은 '야호! 밥이다! 회다!'라며 걸신들린 듯 먹으리라 생각했는데, 거의 모든 손님이 아무런 감정도 표출하지 않고 그저 묵묵히 참치회덮밥을 먹기 시작했다.

좀처럼 주문을 받으러 오지 않아서 주방까지 메뉴판을 직접 가지러 갔다. '모듬회'와 두 가지 생선찌개, 밥과 밑반찬 세트를 골라 주문하려고 하니, 종이에 직접 적으라며 하얀 종이와 연필을 건넨다. 뭐라고? 이 순간, 점잖게 있으면 자꾸자꾸 뒤로 미뤄지리라는 걸 깨달았다. 나는 '밥과 밑반찬 세트 2'의 '2'를 크게 강조하고 연필로 밑줄까지 두 개 그었다. 바쁜 건 알지만, 주문은 틀리지 않기를 바라는 소극적인 자기주장……. 너무 약하다. 고속도로를 전속력으로 주행하는 25톤 트럭의 거대한 타이어에 밟혀 튕겨나간 돌멩이 파편 같다.

주문한 음식이 나왔다. 큼직한 그릇에 담긴 생선찌개는 김이 모락모락 피어올라 맛있어 보인다. 젓가락을 들었다. 당장 그릇에 달려들고 싶지만 나는 고양이 혀라서 식을 때까지 조금 더 기다린다. 내 몸의 일부분이 고양이라니, 후후후, 좋다.

음식은 모두 맛있었다. 하지만 왠지 힘을 빨아먹힌 기분이다. 가게를 지휘하는 아주머니의 혈색 좋은 얼굴을 보고 있으니, 만약 어떤 재난을 당하여 부득이하게 피난 생활을 해야 할 처지에 놓였을 때 가장 의지가 되는 사람은 이런 아주머니일 거라는 생각이 들었다. 생활력이 남다르다. 오늘 나는 왜 화장을 하지 않았을까? 화장하지 않은 날은 왜 그런지 나 자신이 약한 인간으로 느껴진다.

절벽의 계단을 올라 바다에 놓인 다리를 건너면 그곳이 바로 죠가시마다. 섬 상공을 날던 솔개가 해안의 민가까지 내려와 한 바퀴 빙 돌더니 안테나에 앉는다. 동물의 시간이 시작된다는 신호이다. 문득 풍사마가 "아, 고양이가 자고 있다"라고 소리친다. 다리 아래 민가 속 정원에서 쌀 한 톨 크기의 고양이를 발견한 것이다. 갑자기 힘이 나서 걸음이 빨라졌다.

바닷바람이 몰고 온 굉장한 습기 속을 걷는다. 소나무 방풍림이 안개비를 걸치고 있다. 사람이 별로 없는 관광지. '가마우지 서식지'라고 적힌 간판. 삼색 고양이와 갈색 얼룩 고양이가 소나무 가지 위에 몸을 웅크린 채 자고 있다. 갈색 얼룩 고양이가 지루한 얼굴로 '어서 와. 비가 와서 아무도 안 오는 줄 알았어'라고 말하는 듯하다. 삼색 고양이는 조금 어려 보인다. 갈색 얼룩 고양이와 우리를 번갈아 보며 어떻게 대처해야 할지 생각중인 것 같다. 차가 드문드문 세워진 주차장의 요금소를 지키는 아저씨에게 "저쪽 나무에 고양이가 올라가 있는데요, 매일 그러나요?"라고 물으니……. "매일 그러지. 지금도 올라갔어? 소나무지? 둘이 싸우면 꼭 올라가거든." 나도 여기서 일하고 싶다.

　나무 타기 고양이의 배 아래를 지나 공원 안으로 들어가니 입구에 사람의 손길을 즐기면서도 도망가려 하는 고양이가 있었다. 상반신은 도망갈 태세인데도 한 남자아이가 쓰다듬어주니 기분이 좋아서 하반신은 당하는 대로 그냥 있다. 참 특이한 자세군. 남자아이의 아버지가 "저쪽에 더 많아요"라며 방풍림 쪽을 가리킨다.

　방풍림 너머는 광장이었다. 그쪽으로 가보니, 고양이 군단이 낚시꾼 부부를 둘러싸고 있었다. 방금 절벽 아래에서 낚은 고등어가 비닐봉지에 잔뜩 들어 있다. 낚시꾼이 움직일 때마다 고양이가 따라다닌다.

미용사 아주머니와 고급 다랑어만 먹는 고양이.

고등어는 이렇게 옮기는 거야. 알겠어?

"2주 전에 왔는데 바로 다가오는 걸 보니, 우리를 기억하는 모양이에요"라고 아저씨가 기쁜 듯이 말했다.

나는 "대단하네요!"라며 박수를 쳤다. 아저씨가 "여기 있다!"라며 고등어 한 마리를 멀리 던진다. 고등어는 커다란 포물선을 그리며 흐린 하늘 아래에서 반짝이다가 15미터 정도 떨어진 곳에 털썩 내려앉았다.

그 순간 어린 고양이가 눈을 의심할 만큼 빠른 속도로 방풍림 안에서 일직선으로 달려나왔다. 작은 턱으로 고등어를 물고 방향을 홱 바꾼 다음, 가느다란 목을 자랑스럽게 꼿꼿이 세우고 자기 영역으로 부리나케 달려간다. 나는 여기가 사바나인가 싶었다. 아저씨가 또 고등어를 던지니 어디에 있었는지 그 순간을 기다리던 고양이가 잽싸게 달려와 또 물고 사라진다. 지금 우리의 일거수일투족은 고양이의 뜨거운 눈에 의해 감시당하고 있었다. 귀도 이쪽을 향하고 있다.

죠가시마의 고양이는 직접 바다에 들어가지 않아도 인간이 물고기를 낚아준다는 걸 알고 있다. 경험으로 터득한 매복 작전인 셈이다. 비늘이 단단한 물고기는 조금 곤란한 기색을 보이면 인간이 칼로 벗겨준다는 것까지 알고 있다. 고양이를 위해 낚은 생선을 손질해주는 아저씨를 몰타 섬에서도 본 적이 있다. 나는 점점 기분이 좋아졌다. 아저씨의 어롱 속 생선은 어느새 반으로 줄어 있었다.

낚시꾼 부부가 자리를 뜨자, 고양이도 각각의 방향으로 뿔뿔이 흩어져 쉬기 시작했다. 하얀색의 늠름한 보스 고양이. 그루터기 모양의 콘크리트 벤치 위에 몸을 둥글게 말고 엎드린 고양이. 나무 밑에 같은 간격으로 자리잡은 고양이 세 마리. 무리에서 떨어져 등을 보이고 있지만 귀는 이쪽을 향하고 있는 고양이. 남은 물고기를 앞발로 떼굴떼굴 굴리는 고양이. '언니들은 아무것도 없나봐요. 그 네모난 은색 물건은 먹는 거 아니에요?'라는 듯 카메라에 코를 대는 고양이. 클로버 들판 한가운데에 외따로 있는 고양이 한 마리가 마치 초원의 퓨마처럼 보여서, 나도 네 발로 기어 다가가다가 손에 고양이 똥이 묻어버렸다.

절벽 아래에서 낚시꾼 그룹이 올라온다. 젊은 남자들이다. 각자 졸고 있던 고양이들이 느릿느릿 일어나 천천히 낚시꾼 주위를 둘러싼다. 자기 구역에 들어온 순진한 이들을 벗겨먹으려고 모여드는 그쪽 사람들 같다. 멋지다. 젊은이들은 서로 얼굴을 마주보며 '어쩌지? 어쩌지?'라고 한참을 꾸물거리다가, 결국 아무것도 주지 않고 가버렸다. 고양이들은 절벽 아래에서 올라오는 모든 낚시

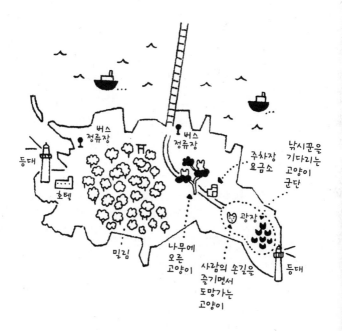

버스
정류장

버스
정류장

낚시꾼을
기다리는
고양이
군단

주차장
요금소

등대

호텔

광장

밀림

나무에
오른
고양이

사람의 손길을
즐기면서
도망가는
고양이

등대

꾼을 냉장 택배 배달원이라고 생각하는 모양이다. 아까 그 아저씨의 '우리를 기억했다'라는 발언이 의심스러워지는 순간이다. 하지만 그렇게 생각하고 싶은 마음도 깊이 이해한다. 설령 아니라 하더라도 그렇게 생각하는 게 마음 편하다. 고양이 스토커 조사 결과에는 '기다란 봉 같은 것'은 고양이에게 인기 없는 아이템이라고 나와 있는데, 낚싯대는 예외라는 게 여기서 판명되었다.

풍사마와 섬에서 버스를 타고 역으로 돌아왔다.

"비오는 날 이런 곳에 일부러 찾아오는 사람은 낚시꾼이나 밀렵꾼뿐인가."

"그렇겠지? 쓸쓸하네."

"고양이는 그런 곳에 있구나. 사람이 너무 많아도 안 되고, 또 너무 없으면 살아갈 수가 없고."

"딱 이 정도가 좋지 않을까?"

"낚시꾼이나 밀렵꾼이라고 했지만, 그럼 우린 뭐야? 우리도 참 어지간하단 말이야"라며 신나게 감상을 나눈다.

안개비는 끝없이 내릴 것만 같다. 항구의 축제는 여전히 흥겹게 이어지고 있다. 버스비는 390엔. 요금 통에 넣으니 짤랑, 하고 소리가 났다.

나는
벼룩이 되고 싶다

토실토실 살찐 고양이가 편안히 엎드려 자는 모습을 보면 나는 무척 안심이 된다. 여기서 '안심'이란 내가 이 게으른 고양이를 행복하게 해주고 있다는, 위에서 내려다보는 입장에서 느끼는 안심이 아니다. 오히려 내가 고양이에게 지켜지고 있다는 안도감, 그 푸짐한 고양이 배의 탐스럽고 부드러운 털 속에 들어가 잠을 자고 피를 빨고 이리저리 뛰어다니는 벼룩이 된 나를 상상하면서 느끼는 안도감이다.

커다란 고양이는 잠이 들면 몸을 뒤덮은 모피가 바닥에 늘어져 팔다리는 안에 묻힌다. 그 옆에 나도 드러누워 얼굴을 고양이에게 바짝 대고 바닥에서 올려다보면 고양이가 훨씬 더 커 보인다. 입 위의 볼록한 부분에 작은 털구멍이 송송 뚫려 있고, 거기서 기다랗고 멋진 수염이 백합꽃의 수술처럼 쭉쭉 뻗어나온다. 불룩하게 부풀어 오른 가슴 털은 임금님 가슴에 주렁주렁 달린 장식처럼 늠름하면서도 우아하게 살랑거린다. 고양이는 이따금 눈을 뜨고 부드러운 털에 얼굴을 파묻은 나를 한참 흘겨

보다가 다시 조용히 눈을 감는다. 나는 그제야 고양이에게 허락받았다고 느낀다. 그때부터 고양이의 자비와 사랑을 실감한다. 나는 줄곧 고양이에게 의지하고 있었다. 간혹 고양이의 털에서 그리운 냄새가 날 때가 있는데, 그 순간 이 고양이가 마을 순회중에 잠깐 쉬었을 지붕 위 양지 바른 곳이 떠오르곤 한다.

고양이 배에 얼굴을 묻고 있으면 시야가 흐릿해지면서 배 부분의 털이 하얗게 빛나는 억새밭으로 보인다. 현실과 환상의 경계가 애매해진다. 고양이 알레르기가 있다는 사실마저 까맣게 잊을 것 같다. 나는 벼룩이 되어 억새밭을 헤맨다. 낮은 산처럼 동그랗게 솟아 있다. 등뼈는 산등성이다. 기다랗고 단단하고 굵은 털이 빽빽이 자라 있다. 목덜미의 잘록한 부분을 지나면 자그마한 산이 나오고, 그 위에 삼각형 귀 두 개가 바위산처럼 솟아 있다. 그 부근의 털은 짧고 가늘다. 후지 산에 비유하면 8부 능선쯤 될까? 나무가 적은 바위산의 정경이다. 벼룩은 털이 짧은 지대에 있으면 발각되기 쉽고 인간의 손톱에 의해 찌부러질 가능성이 높으므로 털이 깊숙한 배 부분에 숨어 산다.

고양이 배는 규칙적으로 부풀어오르며 피이피이, 하

고 숨쉬는 소리를 낸다. 큰 고양이는 신체 부위 하나하나
가 모두 큰지, 체중이 8킬로그램인 고양이를 기르는 친
구 N의 집에 갔다가 우르르우르르 목에서 나는 소리를
듣고 깜짝 놀란 적이 있다. N이 "개는 종류별로 다양한
크기와 형태가 있잖아. 그걸 보면 개는 인간 사회의 수요
에 맞춰 살아온 동물이라는 걸 알 수 있어. 고양이는 아
니지. 그건 고양이가 인간이 원하는 대로 맞추지 않고 자
기 좋을 대로 살아온 동물이라는 증거가 아닐까?"라고
말했던 게 기억난다.

　나도 고양이의 그런 점이 좋다. 고양이는 사람 따위 전
혀 신경쓰지 않아도 된다. 고양이 목을 어루만지고 있으
면 보답으로 내 손을 날름날름 열심히 핥아주기도 하는
데, 그럴 때 나는 울고 싶어진다. 보답 같은 거 안 해도 되
는데……. 토실토실한 고양이가 유유히 또는 우둔하게
여기가 제 집인 양 마음대로 편안히 지낸다는 건 이 장
소가 축복받고 있다는 뜻이기도 한 것 같다. 내가 느끼는
안심감은 여기서 온다. 포동포동한 몸매는 신이 고양이
에게 특별히 내려준 자태인지도 모른다고 생각할 때가
있다.

　'뚱보 고양이☆멤마 씨'라는 블로그의 스타, 멤마 씨를

일전에 만나고 왔다. 멤마 씨는 체중이 9.5킬로그램인 거대한 수컷 고양이다. 고양이용 가슴줄을 착용하고 마치 개처럼 동네를 산책한다는데, 그 차림으로 가로수에 오를지도 모르고 위험하지 않을까? 하지만 멤마 씨에게 가슴줄은 전혀 고통이 아닌 모양이었다.

멤마 씨를 자전거 바구니(멤마 씨 전용으로 특별히 제작한 것)에 태우고 근처 공원까지 가기로 했다. 주인인 사토 씨는 멤마 씨를 바구니에 넣고 꺼낼 때마다 영차, 하고 기합을 넣으며 들어올렸다. 멤마 씨는 만족스럽게 그 행위를 받아들였다.

공원 입구에 자전거를 세우니 멤마 씨가 바구니에서 얼굴을 쏙 내민다. '도착했는가?'라는 듯. 집사가 마차 문을 열어주기를 기다리는 임금님 같다. 멤마 씨의 동네 순찰은 시냇물의 수문을 점검하는 것부터 시작된다. 거기에 무슨 의미가 있는지 일개 천민인 나는 전혀 짐작할 수 없지만, 멤마 씨는 '여기는 일단 기억해두자'라는 표정으로 집요하게 냄새를 맡고 있다. 실컷 맡고 나서 가로수를 따라 걷기 시작한다.

멤마 씨의 뱃살이 출렁출렁 좌우로 흔들린다. 작은 애완견보다 체격이 좋다. 지금은 어쩌다 고양이로 살고 있지만 반 년 후쯤 되면 혹시 다른 동물로 키워지는 게 아닐까? 아아, 그런데 멤마 씨는 많이 먹어서 살찐 게 아니라고 한다. 밥은 보통이랄까, 평범한 어른 고양이랑 비슷하게 사료 한 줌 정도를 먹으니 결코 먹보가 아니다. 멤마 씨는 원래 이런 체격으로 태어난 고양이였던 것이다. 몸도 크고 엉덩이 구멍도 크다. 똥도 틀림없이 훌륭할 것이다.

산책하는 멤마 씨를 보고 바로 고양이라고 알아차리는 사람은 없었다. '어? 개 아니야?'라고 의아해하면서 다가왔다가 "어머나, 고양이야!"라며 얼굴을 반짝인다. 고양이가 걸어서 산책한다는 것 자체가 신기한 일이기도 하고, 눈이 의심스러울 정도로 덩치가 크기에 어쩔 수 없다. 사람뿐 아니라 산책중인 개도 놀라서 돌아본다. 의기양양하게 할아버지를 이끌던 작은 개가 멤마 씨를 보고 '저거 뭐지? 개가 아닌 건 분명한데!'라며 가로수 저편에서 이쪽 상황을 살핀다. 하지만 멤마 씨는 신경도 쓰지 않고 느긋하게 흙냄새나 맡고 있다.

쌍둥이 아기를 데리고 나온 할아버지(이 공원에는 할아버지가 많네)가 멈춰 서서 "댁의 고양이 몇 킬로그램? 우리는 9킬로그램이야"라며 체중을 확인한다. 이렇듯 멤마 씨는 늘 주목의 대상이다. 사람들의 뜨거운 시선을 받으며 이 공원에서 가장 좋아하는 무대로 오른다. 그루터기 모양의 콘크리트 벤치다.

그 무대 위에 의젓하게 앉은 멤마 씨가 벨벳 커튼이 열리기를 기다리는 왕년의 톱스타처럼 공원을 천천히 둘러본다. 환호에 보답하는 멤마 씨의 목소리가 들린 것만 같았다. 콘크리트 그루터기 주변에 모인 인간 천민들은 이 순간 멤마 씨의 성스러운 모습을 사진에 담지 않을 수 없게 된다. 멤마 씨도 그 마음을 아는지 교태 넘치는 커다란 눈동자로 카메라를 응시한다. 푸짐한 털을 늘어뜨린 채 몸을 느긋하게 편다. 튼실한 다리는 배에 파묻혀 보이지 않는다. 마치 스핑크스 같다. 할아버지랑 나온 작은 개는 무슨 일인가 싶어 멀리서 보고 있다. 멤마 씨가 주위를 흘끗 본다. '나는 고양이로소이다'라고 말하는 것만 같다. 그 카리스마에 모두 넙죽 엎드릴 수밖에 없었다.

보다 못한 사토 씨가 멤마 씨를 안아서 땅으로 내렸다. "이것 봐, 이 철봉은 어때?"라며 다른 놀이기구에 올렸지만, 멤마 씨는 철봉에서 곧 내려오고 만다. 이 철봉이 왜 마음에 안 드시는지 모르겠다. 공원을 한 바퀴 돌고 자전

평균대를
보행

쌍둥이와
만나다.

사람이
많이
지나다닌다.

무대

멀리서 보고
무시당하는
개

구경

무시당한
놀이기구

짖어도
무시당하는
개

수문

모래밭

마차

큰 길

거가 있는 곳에 오니 어디서 들리는지 컹컹 하는 강아지 소리가 났다. 돌아보니 어느 집 창문에서 아까 그 강아지가 얼굴을 내밀고 멤마 씨를 향해 결사적인 표정으로 짖어대고 있다. 그러나 멤마 씨는 도망치지도 않고 당황하지도 않고 완전히 무시한 채 자기 길을 나아간다. 사토 씨 집에 간 후에도 당연한 듯 밥을 먹고 평소와 다름없이 선반 위에 털썩 드러누우니 나도 안심이 되었다. 과연 거물답다. 마이페이스 고양이의 생활에 나는 감탄하고 말았다.

그런데 다음날 사토 씨가 이렇게 말하는 것이었다.

"멤마 씨가 오늘은 낮잠도 자지 않고 줄곧 당신이 오기를 기다렸어요."

아무도 모르게 백성의 삶을 돌아보는 것이 임금으로서의 도리인지도 모른다. 혹시 모두 돌아간 후에는 보들보들한 모피를 획 벗어던지고 말라깽이 고양이로 변신하는 건 아니겠지? 이렇게 걱정하게 만들면 명망 있는 고양이족에겐 수치스러운 일이 아닐 수 없다. 하지만 멤마 씨의 마음 씀씀이에 조금 울컥한 건 사실이다.

고양이 스토커의
해외 원정

8월 말이었던가? "사람보다 고양이가 더 많이 사는 섬이
있다는 거 알아?"라고 고양이를 좋아하는 지인이 내게 물
었다. 텔레비전에 몰타 섬 고양이를 다룬 프로그램이 방
영되었다는 것이다. 그 섬은 고양이를 좋아하는 사람들
사이에서는 성지라고 할 정도로 유명하다고.

섬 주민 모두 고양이를 각별히 사랑하는 데다 고양이
아줌마도 많아서 길고양이에겐 더없이 살기 좋은 섬이
라고 한다. 그게 정말이라면 내 입에서 '이제 됐습니다'
라는 말이 나올 때까지 길고양이를 실컷 보고 만질 수 있
을 듯하다. 그 이국의 섬 안에 사는 고양이에게도 나의
소통 기술이 먹힐지 아닐지 점점 확인하고 싶어졌다.

이런 내용을 뉴욕에 사는 S씨에게 전화로 이야기한 후
통역을 부탁하기로 하고 현지에서 만날 약속을 정했다.
우리는 섬 여기저기 있는 고양이를 찾아 돌아다니며 고
양이 농도가 높은 시간을 보낼 것이라는 생각에 잔뜩 들
떴다.

몰타 섬은 지중해에 있으며 인구는 현재 약 39만 명이

GOZO

Victria •

COMINO

St. Julian's

Slima

Valleta

Malta
University

Qormi

San Anton
Gardens

• San Anton Gardens
  고양이가 모이는 공원.
  식물 단체 사람들도 있다.

MALTA

• Malta University 캠퍼스 안에
  30마리의 고양이가 있다.
  고양이를 위한 헌책 바자회도 열린다.

• Qormi (Thomasina)
  고양이 성역이 있다.

지도 삽입:
아드리아해
이탈리아
티레니아해
시칠리아
튀니지
몰타공화국
리비아
지중해

다. 이탈리아의 시칠리아 섬에서 더 남쪽에 위치한다. 아프리카 대륙의 튀니지와 가깝다. 가장 큰 몰타 섬과 고조 섬, 코미노 섬을 다 합해도 아와지(淡路) 섬의 반 정도밖에 안 되는 섬나라이며, '몰타공화국'이라는 독립국이다.

그로부터 3개월 후인 11월 말. 밤 열시가 넘어 어스레한 몰타국제공항 안의 수하물 찾는 곳에 서 있는 사람은 덩치 큰 젊은 백인 남자와 나뿐이었다. 어찌된 일인지 내 여행 가방이 런던에서 갈아탈 때 다른 비행기에 실린 모양이다. 짐은 내일 저녁 호텔로 갖다주겠다고 한다. 속옷도 갈아입을 옷도 화장품도 노트북도 모두 그 가방에 들어 있으니, 나는 내일 저녁까지 돈과 여권과 방전 직전의 디지털카메라와 비행기 안에서 얻은 칫솔 하나로 살아야 했다.

애써 기운을 차리고 구시가지 발레타Valletta에 있는 호텔로 향했다. 택시를 타니 운전기사가 "아 유 스튜던트?"라고 묻기에 그냥 고양이 좋아하는 사람이라고 대답했다. 몰타 섬에 고양이 보러 왔다고 하자 "내가 기르는 고양이는 흰색이랑 검은색이 섞인 아이인데, 몰타 고양이라 불리는 멋진 고양이야"라고 택시기사가 자랑한다. 몰타 고양이라는 게 있다는 사실에 기대가 부풀어올랐다.

'오스본'이라는 작은 호텔에 도착했다. 8몰타리라(약 2,600엔)를 지불하고 택시에서 내렸다. 밤늦은 시각이라 프런트에 아무도 없었다.

"익스큐즈미, 헬로 헬로"라고 큰 소리를 내보았다. 조끼를 착용한 신사가 식당에서 나왔다. 나는 당당하게 "아이 리저브드 투데이 위드 마이프렌드"라고 말했고, 그는 장부를 펼친 채 점잖은 말투로 "노. 낫 리저브드"라고 대답했다.

날짜변경선을 반대로 넘어와서 몰타 섬에 예정보다 하루 일찍 도착한 것이었다. 털썩, 이런 바보 같은……

"몰타 고양이에게 반대로 스토킹 당했다!?"

새벽에 호텔을 나와 북쪽을 향해 똑바로 가파른 길을 올라서 바다 쪽으로 나가보았다. 성당 종소리가 뎅, 뎅, 하고 거리에 울려퍼졌다.

벼랑까지 걸어가 내려다보니 소설 『에게 해에 바친다』에 나오는 하얀 상자 같은 어부의 오두막이 있었다. 지붕 위엔 몸을 둥글게 만 생물이 군데군데…… 고양이가 있다.

새벽인데 벌써 일하러 나온 사람이 있어서 "유어 캣?" 하고 물어보았다. 안에 들어가도 되는지 나 자신과 오두막을 교대로 손가락으로 가리키니, 응, 하고 고개를 세로로 끄덕이기에 계단을 내려가 오두막 주위를 둘러보았다. 담을 따라 걷는 고양이, 물 마시는 고양이, 그릇에 든 생선 냄새를 맡는 고양이가 나는 쳐다보지도 않고 각자 편안한 시간을 보내고 있다.

그릇에 든 싱싱한 물고기 배가 반들반들 은색으로 빛나 맛있어 보였다. 사진을 찍고 있으니 멀리서 보던 고양이가 천천히 다가온다. 몸 전체는 하얗지만 앞머리를 5:5로 나눈 것처럼 귀와 이마만 까만 고양이다. 이 털 색깔은! 어제 택시 운전기사가 말했던 '몰타 오리지널 캣'이 아닌가? "몰짱" 하고 불러본다. 몰짱이 바짝 다가온다. 코는 분홍색이고, 코 아래 털이 조금 지저분하다.

쓰다듬어달라는 듯 머리와 꼬리를 교대로 내 손에 대기에 원하는 대로 해주었다. 우리 동네 고양이도 이런다. 그건 그렇고 몰타 섬에 온 지 얼마나 됐다고 몰타 오리지널 캣을 만나다니! 나는 행복한 여자다. 그런데 내가 고양이를 따라다니는 게 아니라 고양이가 내 뒤를 쫓아온다. 대체 어떻게 된 일이지? 이 부근에 감도는 대범한 분

호텔 창문에서 발레타를 찍었다.
이 하늘 아래에 고양이가 있다.

치맛자락에 진을 친 몰짱.

위기는 내가 여태까지 만난 고양이들의 세계와 명백히 다르다.

고양이가 어디까지 따라오는지 확인해보고 싶어졌다. 나는 벼랑을 내려가서 바다 바로 앞 돌계단에 앉아 기다려보았다. 돌계단 위에서 몰짱이 얼굴을 내밀더니 종종걸음으로 나를 향해 내려와 돌계단과 내 엉덩이 사이에 쏙 들어가 몸을 웅크린다.

"몰짱, 너, 처음 보는 사람한테 이렇게 마음을 열어도 괜찮아?"라고 일본어로 말하니 '그럼 안 돼?'라는 듯 올려다본다. 몰짱의 몸이 따끈따끈하여 나도 졸렸다. 내가 오른쪽으로 가면 몰짱도 오른쪽으로 오고, 내가 멈추면 몰짱도 멈춘다. 내가 계단을 달려 올라가면……. 몰짱은 더이상 따라오지 않았다. 한 계단 한 계단 올라갈수록 몰짱이 점점 작아진다. 만약 내가 다시 여기 올 수 있다면 그때도 몰짱은 살아 있을까? 떠나고 싶지 않았지만 마음 독하게 먹고 이별을 고했다. 사람을 완전히 믿어버리는 고양이에게 반대로 스토킹을 당해, 나도 그만 마음을 홀라당 빼앗겨버릴 뻔했다.

나중에 안 사실이지만, '머리를 5:5로 가른 고양이'는 몰타 오리지널 캣이 아니라 그냥 택시 운전기사의 개인

적인 견해였던 모양이다. 자기가 기르는 고양이가 가장
좋은 고양이라고 생각하는 것은 세계 공통일까? 이날 밤
내 여행 가방과 S씨가 무사히 도착했다. 내일부터는 도
쿄 기타구 다키노가와(滝野川)에서 산 고급 가다랑어 포
를 손에 들고 걸을 것이다. 만세! 만세!

"성역에서 고양이 홍수를 만나다"

다음날 아침. 호텔 1층 식당에서 아침식사를 할 때 카
르멜 씨가 우리를 데리러 와주었다. 그 사람이 카르멜 씨
라는 걸 알기까지 시간이 좀 걸렸다. 왜냐하면 동물보호
단체의 높은 분이라기에 관공서 유니폼을 깔끔하게 차
려입은 사람일 거라고 멋대로 상상했기 때문이다.

'고양이를 좋아하는 일본인이세요?'라고 물으려는 듯
미소를 머금고 여유롭게 다가오는 사람이 있었다. 벽돌
무늬의 굵은 파이프를 입에 물고 남색 카디건을 걸친 풍
채 좋은 그 신사가 바로 카르멜 씨였다.

"식사 끝나면 밖에 있는 차에 타세요. 고양이 성역으로
모시겠습니다"라는 내용을 영어로 말한다. 우리는 서둘
러 식사를 끝내고 차에 올랐다.

카르멜 씨가 대표로 있는 '내셔널 캣 소사이어티'라는 고양이 보호단체의 주된 활동은 굶을 우려가 있는 고양이를 보호하고 길러줄 사람을 찾는 것이다. 보호시설에 있는 고양이 수는 400마리. 불임수술을 하고는 있지만 이미 따라잡을 수 없을 정도로 수가 늘고 있다고 한다.

활동은 자원봉사나 기부로 이루어지고 빙고 대회를 개최하거나 헌책을 팔아서 자금을 얻기도 한다. 카르멜 씨도 사재를 털어넣고 있다고 하니, 그저 그런 고양이 애호가는 아닌 것이다.

대화를 나누다가 '일본의 고래잡이'에 대한 이야기가 나왔다. 왜 그런지 내 두피에 식은땀이……. 깊이 있는 주제에 발을 들이면 논쟁을 벌여야만 하는데, 지금의 내겐 그럴 만한 활력이 없다. 나는 그저 편안히 고양이를 귀여워해주고 싶을 뿐이다.

몰타 섬은 도로마다 신호등이 거의 없다. 차들이 슝슝 속도를 높여 달린다. "몰타 섬에는 왜 고양이가 많아요?"라고 S씨에게 물어봐달라고 부탁했다. "성요한 기사단이 몰타 섬에 들어올 때 고양이를 데리고 왔어요. 대항할 만한 생물이 따로 없으니 자연스럽게 늘어난 것 같아요. 몰타에는 또 동물을 좋아하는 사람이 많거든요. 물론 싫어하는 사람도 있지만."

조사해보니 몰타 섬은 기원전 500년 전부터 지중해 무역의 요지였다. 사람들이 드나들 때 고양이도 따라 배를 타고 건너온 것 같은데, 고양이는 신체 크기 때문에라도 옮기기 쉬운 동물이었을 것이다.

고양이 성역은 '인스티튜트 애그리비즈니스' 부지 내에 있는 온실과 비슷하게 생긴 시설이었다. 이 안에 400마리의 고양이가 있다. "왜 여기에?" "나는 작년까지 대학에서 채소랑 가축에 대해 가르쳤습니다. 소나 염소 같은 가축을 키우다가 고양이도 여기서 같이 돌보게 된 것이지요."

'고양이만 너무 많은 것 같은데?'라는 생각이 뇌리를 스쳤지만 의구심은 가지지 않기로 했다.

안에 들어가니 열 평 정도 넓이의 온실 같은 유리방과, 울타리로 둘러싸인 테니스 코트 두 개 크기의 들판이 펼쳐졌다. 고양이 목장 같다. 전선을 친친 감아두는 거대한 실패 같은 것으로 고양이 놀이터도 만들어놓았다. 들판 한가운데에는 초등학교 운동회 때 운영위원장이 앉는 것 같은 텐트가 그늘을 만들어준다. 꽃무늬 매트리스랑 쿠션도 놓여 있다. 고양이 휴게소로 사용되는 모양이었다.

Cat Village

고양이 자원봉사자들이 길모퉁이에 만든 고양이 아파트.
'우리는 의지할 곳 없는 고양이입니다.
식료품과 기부금을 기다리고 있습니다'라는
호소문이 붙어 있다. 누군가 밥을 주러 온 것 같다.
카르멘 씨는 개 사료를 주면서 "멍, 멍! 하고 울면
어쩌지?"라고 말했다. 괜찮을까?

우아~

잡초 사이에서 나왔다. 이래 보여도 붙임성이 있다.

나는 지금 고양이 바다에 던져졌다. 바다라기보다 고양이 홍수라고 해야 할까? 나는 고양이들에게 파묻혀버렸다. 내 다리에 들러붙은 녀석들만 해도 100마리는 족히 된다. 고양이를 밟지 않으려고 질퍽질퍽한 논에서 걷는 것처럼 한 발씩 높이 들고 힘겹게 나아간다.

"너희들은 있어야 할 곳에 있구나!"라는 감격의 한숨. 이곳 고양이는 일단 인간이 오면 밥을 주리라고 생각하는 듯, 우호와 기대에 찬 표정으로 내 무릎에 앞발을 올리고 열심히 발돋움한다. 발톱을 세우지 않는 것은 우호적이라는 뜻이다.

내 어깨에 걸쳐진 천 가방에서 스미어 나오는 기타구다키노가와 가다랑어 포 냄새에 관심을 가지고 가방을 할퀴다니, 이 얼마나 천진난만한 고양이들인가? 콘크리트 바닥에는 똥이 여기저기 널려 있었다. 참으로 순수하다.

병에 걸린 고양이는 다른 방에서 지낸다고 한다. 한 마리씩 들어가 있는 작은 우리에 병명과 주의사항이 적힌 명찰이 달려 있다. 모두 가만히 있다. 특별한 약이 매달린 우리도 있다. 다들 뚱뚱한 체격에 나이도 꽤 많아 보인다.

나무 통 위에 있는 고양이는 분홍색 혀를 내밀고 앉은

이 안에서 누굴 고르지?

채 졸고 있다. 상반신이 흔들린다. 밥을 다 먹은 후 그릇 안에 쏙 들어가 몸을 말고 자는 고양이. 털은 빠지고 눈 가에서 고름이 흐르고 머리를 똑바로 드는 게 힘겨운지 옆으로 기울인 채 '너는 누구야?'라는 듯 나를 쳐다보는 고양이. 기둥에 올라가려다 도중에 멈춘 고양이. 표백하 다가 실패하여 색이 옅어진 듯한, 연한 검정과 연한 갈색 이 섞인 얼룩 고양이. 일본에서 본 적이 없는 털 색깔이 다. 카르멜 씨가 그 고양이를 "마돈나"라 부르며 안아올 린다. "교회에 걸려 있는 그림 속 고양이랑 털 색깔이 같 아요. 검정이 연한 아이는 다 암컷이죠"라고 말하는 걸 듣고, 왠지 모르게 서양스러움을 느꼈다.

백인 커플이 방문하여 데리고 갈 고양이를 고르고 있 다. 여자 쪽이 "고양이 좋아해요?"라고 나에게 묻기에 "정 말 좋아해요. 당신은 고양이의 어떤 점이 좋나요?"라고 되물으니 "고양이가 있으면 분위기가 좋아져요"라고 당 당하게 말한다. 남자 쪽이 "고양이가 없으면 분위기가 험 악합니다"라고 덧붙인다. "미투"라고 나도 대답했다.

고양이는 인간의 마음을 움직인다. 아무것도 하지 않 고 거기 존재하기만 해도 사람들의 마음속에서 뭔가를 이끌어낸다. 하지만 서른에서 멀리 떠나온 나 같은 여자

는 고양이의 훌륭함을 섣불리 예찬해선 안 된다. 사람들
이 자꾸만 뒷사정을 캐내려 하니까. 이런 이야기를 당당
하게 할 수 있는 이 여인, 얼마나 멋진지! 그녀의 애인도!
나는 마음속으로 거의 울상이 된 채 박수갈채를 보냈다.

"국경을 넘어 펼쳐지는 고양이 담론"

어떤 일을 깊이 추구하다보면 어느덧 익숙해져서 큰
일도 사소한 일로 여겨지곤 하는데, 카르멜 씨는 달랐다.
"고양이는 영어를 알아들어요. 브러시 해줄까? 누가
브러시 하고 싶어? 라고 물으면 다들 우르르 몰려와요."
"그럼 카르멜 씨는 고양이 언어를 알아듣나요?"
"가끔 알아들어요. 냐옹 할 때랑 야옹 할 때는 다르지
요."
솔직히 말하면 고양이 언어에 대해서는 조금 더 깊은
대답을 듣고 싶긴 했지만, 그 작은 소리의 차이를 구분할
수 있는 기쁨을 아는 사람끼리는 충분히 공감되는 대답
이기도 했다.
"고양이랑 마음이 통했다고 느낄 때는 언제인가요?"
"내 아내는 고양이가 못된 행동을 하면 큰 소리로 야단

쳐요. 하지만 나는 절대 야단치지 않아요. 예를 들어 고양이가 테이블 위에 올라가면 '내려와'라고 세 번쯤 조용히 타이릅니다. 그래도 말을 안 들으면 안아서 내리지요. 우리 고양이들은 아내보다 나를 더 좋아해요. 아내가 질투할 만하지요."

카르멜 씨의 턱은 중간이 갈라져 있다. 수염을 깎다가 상처를 냈는지 피딱지가 생겼다. 그런 건 아무래도 좋다. 국제적인 고양이 담론을 나누는 동안, 나는 다 큰 어른을 이렇게 만들어버린 고양이의 무시무시한 마력에 도취되고 말았다. 카르멜 씨의 이야기는 고양이 단체와 공원의 식물 단체가 서로 미워한다는 조금 심각한 내용으로 이어졌다.

고양이가 너무 많아졌다는 기사가 연일 신문지상에 오르내리는 몰타 섬엔 몇 개의 고양이 단체 외에도, 개 단체, 별 단체, 후원 기금, 식물 단체 등이 있다.

카르멜 씨는 아침마다 식물 단체 사람이 나오기 전에 (고양이가 공원의 식물을 망가뜨리지 않았는지 조사하기 위해 나온다고 한다) 공원 관리소에 찾아가 "고양이를 잘 부탁합니다!"라고 부탁한다. 그러다 길에서 식물 단체 사람이랑 딱 마주치면 서로의 입장을 큰 소리로 주장하느라 바

고양이와 인사하는 법을 가르쳐준 카르멜 씨.
우리 마을 고양이와 다르지 않다.

자원봉사자는 몸도 마음도
고양이를 위해 바치고 있다.

쁘다고 한다.

식물 단체에 의해 공원에서 쫓겨난 길고양이를 다시 원래 있던 공원에 되돌려놓는 활동을 독자적으로 하고 있는 고양이 아줌마 댁에 방문한 후 카르멜 씨의 오전 일과가 끝났다.

아와지 섬의 반도 안 되는 작은 섬인데 각각의 단체가 자기들의 입장을 자유롭게 주장하며 활동하고 있다는 점이 실로 놀라웠다. 그 사태의 심각성이 어느 정도인지 헤아릴 수는 없지만, 적어도 굶어 죽는 고양이가 없으니 비교적 평화롭다고 생각한다면 내가 너무 단순한 건가?

몰타 섬 사람들 대부분이 가톨릭 신자이다. 약한 생물을 돕고 싶어하는 성품은 성요한 기사단 시대부터 전해 내려온 것이리라. 하지만 어느 정도의 깊이와 무게로 사람들의 생활 속에 뿌리내렸는지 나는 알 도리가 없었다. 카르멜 씨는 왜 식물이 아니라 고양이를 지키려 하는지도⋯⋯.

인간은 누구나 좋아하는 생물에 휘둘리며 살아간다. 그렇게 살다가 언젠가는 죽는다. 서로 사랑할 시간이 얼마 없다.

고양이도, 고양이를 쫓아가는 사람도, 망설이지 않고

내 길을 갈 수 있는 동안에는 행복하다. 그렇기에 나는 시간이 허락하는 한 고양이 뒤를 쫓을 것이다. 줄곧 그곳에 있으리라 생각했는데 문득 사라지기도 하고, 친해졌다 싶으면 또 금세 발톱을 세우는 변화무쌍하고 제멋대로인 생물. 고양이는 아무리 바라보아도 질리는 일이 없다.

후기

길에서 만난 고양이와
나의 시간

처음 고양이를 따라다닌 후로 11년이 지났습니다. 그
내용을 글로 적고 그 글들이 책으로 엮여 나오니 이번엔
어디 어디에 있는 고양이를 보고 와줬으면 좋겠다는 의
뢰가 들어오게 되었지요. 가장 놀라운 일은 『나는 고양
이 스토커』가 영화로 만들어졌다는 사실입니다. 이 행
운의 소식을 전화로 들었을 때 '그럴 리 없어. 분명 속은
거야. 도쿄는 무서운 곳이다'라고 단정짓고 머리를 식히
려고 바닥에 벌렁 드러누워 한참 동안 천장을 보고 있었
던 일이 떠오릅니다. 지금도 믿기지 않지만, '우물물을
권한 아저씨'가 사는 마을인 네즈(根津)에서 처음 시사회
가 열린 후로 많은 영화관에서 상영되었습니다. 다른 영

화 시사회 초대장이 종종 배달되기도 하고, 고양이 그림
이 그려진 CD를 출시 전에 받기도 하고, 고양이 사진 품
평회에 참가하는 등, 평소에 쓰지 않는 뇌를 가동시켜야
하는 일이 늘었습니다.

　나의 변화는 이 정도에 그치는데, 근처 고양이 회의장
의 멤버들은 시시각각 변합니다. 하양깜장 얼룩 고양이
가 활개치고 다닌 게 엊그제 같은데, 어느새 하얀 바탕에
옅은 갈색 무늬 고양이 집단으로 모조리 교체되었어요.
하지만 멤버는 바뀌어도 고양이들은 여전히 넉살이 좋고
동작이 빠릅니다. 예전의 고양이 회의장 그대로랍니다.

　이케부쿠로의 낙서 고양이는 그후에 지워졌지만, 다
른 낙서가 조금 떨어진 곳의 건물 외벽에서 발견되었습
니다. 그 건물도 철거하게 되어 또다시 소실될 위기에
처했으나, 이웃 헌책방 주인이 고양이 부분만 떼어냈답
니다. 지금은 헌책방 처마 밑에서 비를 피하고 있지요.
나는 깊이 안도했습니다. 멤버가 바뀐 고양이 회의장이
나 비를 피하고 있는 낙서 고양이를 보고 있으면 지금은
모습을 감춘 고양이와 형태가 바뀌어가는 마을에 대해
생각하게 됩니다. 고양이 한 마리 한 마리의 변화는 유
성처럼 빠르지만, 고양이 종족으로서의 변화는 굉장히

더딥니다. 고양이의 그런 시간의 흐름 속에 갇힌 채 나
는 우왕좌왕하고 있습니다.

작년 가을, 미야기(宮城) 현 이시노마키(石巻) 시에 있
는 다시로지마(田代島)라는 곳을 방문했습니다. 다시로
지마는 고양이 수가 사람 수보다 많다고 하는, 고양이를
좋아하는 사람에겐 꿈같은 섬이지요. 도민 대부분이 어
업에 종사하는데, 동일본대지진 때 쓰나미로 인해 이곳
굴 양식장이 괴멸적인 피해를 입었습니다. 그로부터 반
년밖에 지나지 않았을 때 나는 도민 여러분과 고양이들
이 어떻게 지내는지 아무런 정보가 없는 상태로 섬을 방
문했습니다.

항구에 도착한 것은 점심때가 지난 시각. 섬은 고요했
습니다. 괜찮은지 걱정이 되더군요. 알고 보니 이른 아
침 고기잡이를 마치고 돌아온 어부들이 쉬는 시간이었
습니다. 경사 길의 양지바른 곳을 보니 중년의 어부가
그물을 손질하고 있었어요. 천천히, 느긋하게, 마치 시
간이 멈춘 것 같았습니다.

듣던 대로 다시로지마에는 참으로 많은 고양이가 있
었습니다. 세 바퀴 오토바이를 탄 어부가 연못 속의 잉

어에게 빵을 던져주듯 지나가는 고양이에게 갓 잡은 물고기를 던져줍니다. 그러니 길에 간혹 먹다 남은 물고기가 떨어져 있었던 것이지요. 민가 정원에 포동포동 살찐 하얀 고양이들이 선물 상자에 든 찹쌀떡처럼 모여 있기에 잠시 쭈그리고 앉아서 보고 있었습니다. 집에서 나온 아주머니가 "우리집 고양이는 아닌데 늘 여기 있어서 매일 밥을 주고 있어요"라며 웃습니다. 참 좋은 섬이에요. 이렇게 고양이가 모여 지내는 장소가 이 섬 곳곳에 있습니다. 자기 집 고양이가 아니라도 배고플까 걱정되어 밥을 줍니다. 나는 이런 지극히 사소한 일에 감동하고 말았습니다. 언제부터 그렇게 됐을까요? 아주머니가 "도쿄에는 고양이가 없나요?"라며 웃습니다.

민박집에서 기르는 고양이 이름은 챠메짱입니다. 챠메짱은 아직 어린 고양이예요. 어부인 아저씨와 아주머니가 무척 귀여워하지요. 민박집 근처 골목에 서 있는데, 챠메짱이 내 앞을 지나갑니다. 아무도 살지 않는 집 담을 넘어 안으로 들어가기에, 나도 따라가보았습니다. 빈집의 다다미가 깨끗한 걸 보니 이사나간 지 얼마 되지 않는 모양입니다. 챠메짱은 목적지가 있는 듯 주저 없는

걸음걸이로 삼각형 귀를 쫑긋 세운 채 집 안쪽까지 들어
갑니다. 고양이의 자그마한 후두부엔 지혜로운 생각이
가득하므로 따라가다보면 좋은 일이 생깁니다. 책상이
랑 빗자루가 그대로 놓여 있는 걸 보니 왠지 설레네요.
안쪽의 세 평짜리 벽장문이 조금 열려 있고, 챠메짱이
그곳으로 훌쩍 들어갑니다. 챠메짱, 거기서 뭐해? 살금
살금 다가가서 벽장 속을 들여다보니 챠메짱이 누워 있
습니다. 가슴에 새우 만두 같은 동글동글한 머리가 셋.
갓 태어난 아기 고양이들. 아직 어리다고 생각했던 챠
메짱이 세 아이에게 젖을 먹이고 있었습니다. 너, 엄마
였구나! 대견하다! 감격하여 선 채로 눈물을 흘릴 뻔했
습니다. 챠메짱은 어부인 아저씨한테 받은 물고기를 우
적우적 먹고 거기서 얻은 영양을 젖으로 만들어, 안전
한 장소를 찾아 아기 고양이를 키우고 있었던 것입니다.
아, 이 중대한 일을 민박집 아저씨에게 알려야겠다고 생
각했어요. 챠메짱의 젖만으로 세 마리가 살아남을 수 있
을지 걱정이었거든요. 그러나 한편으로는 여태까지 수
많은 고양이의 삶과 죽음을 가까이에서 겪은 사람에게
알리는 건 무서운 일일지도 모른다는 두려움이 머리를
스쳤습니다. 그런 암담한 마음으로 이렇다 할 해결책도

없이 밖으로 나오는데 바다에서 돌아온 아저씨와 마주쳤어요. "저기……. 빈집 벽장에서 챠메짱이 아기를 낳았어요. 잠시 봐주시겠어요?"라고 매달리듯 말해버렸습니다. 아저씨가 "오오, 이 안인가?"라며 장화를 신은 채 성큼성큼 들어갑니다. '만약 아기 고양이를 귀찮아하시면 어떡하지……'라는 두려움이 내 마음을 가득 채웁니다. 아저씨가 벽장문을 힘껏 열더니 "챠메야!"라며 얼굴을 갖다 대고는 "응응" 하고 크게 고개를 끄덕입니다. "여기 있으면 괜찮아. 응응" 하고 바로 문을 닫으셨지요.

이 민박집에서 묵은 적이 있는 사람이 "주인아저씨는 카리스마 넘치는 어부예요"라고 했을 정도로 아저씨는 고기잡이의 달인입니다. 민박집 거실에 들어가면 벽 가득 물고기 탁본이 걸려 있어요. 만약 내가 이 집에 사는 고양이라면 동네 고양이들을 모두 불러놓고 "굉장하지? 여기 있으면 평생 굶을 일 없어!"라고 콧구멍을 벌렁거리며 자랑했을 겁니다.

아저씨는 매일 새벽 여섯시 전에 물고기를 가득 실은 배를 타고 돌아옵니다. 다른 배는 수확이 없었던 날에도 아저씨 배는 늘 묵직합니다. 아저씨는 인간을 넘어선 야생의 직감으로 물고기가 있는 곳을 알아내는 것 같아요. 고양이들은 어선이 항구에 들어올 때를 가늠하여 언덕에서 신나게 뛰어내려와 물고기 바구니 앞에서 대기합니다. 아저씨는 그런 고양이들에게 시장에 내놓을 수 없는 물고기를 던져줍니다. 경쟁에서 밀리고 먹을 기회를 놓친 느림보 고양이에게도 한번 더 던져줍니다. 고양이 마음을 잘 아는 사람의 방식입니다. 고양이들은 물고기를 입에 물고 좋아 죽습니다. 바다도 배도 아저씨도 아침 해를 받아 반짝반짝 빛납니다. 물고기 배는 은색으로 빛나고, 고양이 눈에서는 광채가 나고, 고양이에게 무시당한 해파리와 불가사리는 부근에서 미끄덩미끄덩 뒹굽니다. 항구는 살아갈 힘으로 가득차 있습니다. 하루 중에서도 가장 활력이 넘치는 시간입니다. 기막히게 아름답고 힘찬 광경. 나는 열심히 그 빛을 빨아들였습니다. 대지진이 일어나기 전에도 지금도 아저씨는 같은 일을 이어가고 있습니다. 바다와 사람과 물고기와 고양이가 만들어내는, 오래전부터 변하지 않는 풍경입니다. 사는 동안, 아저씨는 바다에 나가 물고기를 잡고, 고양이는 물고기를 입에 물고 질주하겠지요. 이 섬에서는 조금도 특별하지 않은, 숨쉬는 것과도 같은 행위입니다. 나는 이 광경을 눈에 담아두고 싶어서 휴대전화로 사진을 찍어 대기화면으로 설정했습니다. "섬에 고양이를 싫어하는 사람도 있기는 해"라고 아저씨는 말했지만, 다시로지마만큼 사람들과 고양이들이 기적적으로 잘 지내는 섬은 아마 없을 겁니다. 고양이가 행복하게 사는 마을에서는 사람도 행복합니다. 아, 그렇기에 다시로지마는 고양이를 좋아하는 사람에겐 동경의 대상이라고 하는 모양입니다.

 길에서 만난 고양이와 나의 시간은 일시적인 것입니다. 오늘 조우한 고양이도 어느 지붕 아래에서 잠들었다가 내일이 되면 변함없는 고양이 생활을 다시 시작할 것입니다. 그리 넓지 않은 마을 여기저기에서 고양이가 고양이로 살아가고 있다는 사실을 생각할 때마다 가슴이 두근거립니다.
 나는 예전에 만난 고양이들과 이 책 안에서 다시 만났습니다. 우리집 고양이가 나이를 꽤 먹었음에도 변함없는 생활을 이어가고 있다는 사실이 무척 소중하게 느껴지는 요즘입니다.

　책으로 만들어지기까지 애써주신 출판사 여러분과 고양이를 만나게 해주신 여러분께 깊은 감사를 드립니다. 지상에 있는 고양이들, 이젠 이곳에 없는 고양이들에게도 마음으로 생선을 바칩니다.

아사오 하루밍

추천의 글

투명한 혁명

– 호무라 히로시

이 세상에는 두 종류의 인간이 있다.

어느 마을에 한밤중부터 새벽까지만 문을 여는 빵집이 있다고 한다. 그곳으로 고양이들이 자주 찾아온다고……. 가능하면 고양이가 빵을 얻으러 오는 장면을 보고 싶었다.

첫번째는 이런 글을 읽으면 괜히 설레고 자기도 그 광경을 보고 싶다고 생각하는 사람. 두번째는 무슨 뜻인지 전혀 모르는 사람. 그들을 두 부류로 나누는 요소는 무엇일까? 전자는 고양이를 좋아하는 사람, 후자는 고양이에게 관심이 없는 사람이라고 말하면 좋을까?

아무래도 그것만은 아닌 듯하다. 나는 특별히 고양이를 좋아하지도 않는데 왜 그런지 상상하면 황홀해지니까. 보통은 영업을 하지 않는 시각에 문을 여는 빵집, 그 상에서 새어나오는 불빛, 갓 구운 빵냄새, 어둠 속에서 모여드는 고양이들. 그런 '광경'을 상상하면 가슴이 두근거린다. 어쩌다 옆에 같은 장면을 바라보는 사람이 있다면, 그 옆얼굴을 흘끗 보게 될 것 같다. 친구가 될 수 있을지도 모르겠다. 하지만 말은 못 걸겠다.

이 책은 신비롭다. 이토록 힘을 뺀 책인데도, 읽어감에 따라, 이건 혁명에 관한 책이 아닌가, 라는 기묘한 생각이 든다. 피 한 방울 흘리지 않고 눈에 보이지도 않지만, 혼자서 즉시 참가할 수 있는 혁명의 모습이 이 책 속에 그려져 있다. 혁명이라면 눈앞의 세계를 뒤엎어야 하는데, 그 열쇠가 되는 존재가 놀랍게도 '고양이'이다.

이미 알고 있다고 생각한 것들이 얼마나 좁은 범위 안에 있었던가? 고양이가 나의 딱딱하게 굳은 감각을 부드럽게 펴준 셈이다. 지금 내가 알고 있는 것이 이 세상의 전부가 아니라는 당연하면서도 잊기 쉬운 진실을 고양이가 깨닫게 해주었다.

인간들이 소중히 여기는 것은 회사와 자동차와 컴퓨터와 텔레비전과 돈과 연애로 이루어지는 세상. 그 이면에 또하나의 세계가 있다. 우리 눈에는 잘 보이지 않는 그곳으로 인도해주는 고양이들은 혹시 별세계에서 온 사신이 아닐까?

내가 어릴 적엔 아직 들개라는 게 있었다. 그런데 언젠가부터 그 모습이 보이지 않는다. 현세의 지배자인 인간의 필요에 맞지 않았기 때문이다. 인간이 자신의 안전과 편리와 쾌적함만을 추구한 결과, 예전에 있었던 존재가 점점 사라졌다. 그런 관점에서 이 세계는 분명 좁아지고 있다.

들개는 사라졌지만 들고양이(길고양이)는 있다. 잠만 자니 발톱과 이빨이 작고, 독이 없고, 흐늘흐늘하고, 따끈따끈하고, 귀엽고, 자부심이 대단한 동물이 되었다. 구석구석까지 관리된 우리 세계를 자유롭게 떠돌 수 있는 특권을 가진 생물.

먹을 것이 필요한 생물은 스스로 먹이를 얻기 쉬운 외모로 가꾸고 적절한 행동을 취하여 얻을 것을 얻으며 살아간다. 그래서 고양이는 무조건 귀여운 것이고, 도둑은 잡히지 않도록 눈에 띄

지 않는 복장을 하는 것이고, 숨겨둔 애인은…… 뭐, 말할 것도
없다.

그런 점에서는 어떤 생물이든 고양이와 다르지 않다.

고양이, 도둑, 숨겨둔 애인……, 모두 인간 세계의 아
웃사이더다. '어떤 생물이든'이라고 썼지만, 회사에서
일하고 받은 급여를 '먹을 것'으로 바꾸는 존재는 왠지
배제된다. 이 세계의 주류 의식과 그것이 형성한 시스템
에 대한 조용하면서도 강한 위화감이 필요하다. '고양이
스토커'라는 단어가 주는 아웃사이더 느낌도 여기에 기
인하는 것이 아닐까?

이 세계의 주류를 당당히 걸어서 승자가 되면 위화감
은 사라질 것이다. 한밤중부터 새벽까지 문을 여는 빵집
이나 그곳으로 모여드는 고양이 따위 무시하고 성공을
향해 나아간다. 그건 눈앞의 세계를 지배하는 시스템을
암묵리에 인정하고 더욱 강화하는 길이다.

다른 길도 있다. 투명한 혁명을 선택하는 것. 느슨하
게 풀어줌으로써 강해진다. 공격력을 버림으로써 살아
남는다. 잠에 빠짐으로써 눈을 뜬다. 가치관의 그물코를
바꾸면 손가락 하나 대지 않고도 세계를 뒤엎을 수 있

다. 말은 간단하지만 실행은 어렵다. 그를 위한 매뉴얼
도 없다. 하지만 고양이가 있다.

나, 요즘 이런 실수를 자주 하네. 사전에 아무것도 알아보지 않고
행동하는 게 버릇이 된 탓이다. 그러다가 손해를 봐도 이젠 태연
하다. 마음이 점점 느슨해져버렸다. 하지만 왠지 그래도 좋을 것
같다.

작가는 이미 꽤 고양이화되었다. 그 사실을 자각하기
때문에 '좋을 것 같다'고 표현한 것이리라. 들개를 지운
세계는 스스로를 점점 압박하여 끝내 모든 생물을 소멸
시키려 할 것이다. 작가는 고양이의 힘을 빌려 세상을
느슨하게 만들고자 애쓰고 있다. 이 별의 미래를 짊어진
그녀의 나날은 스릴감으로 넘쳐난다.

어느 날 집에 있는 고양이 화장실을 보고 '여기서 나도 눌 수 있
을까?'를 생각했다. (중략) 모래 양 OK. 상자 아래 신문지도 OK.
이 정도면 내 오줌도 충분히 받아낼 것이다.
그런데 부엌에서 속옷을 내리는 건 좀…….

　아아, 당신이 갈 길은 끝없이 멀다. 두 세계를 넘나들
며 살아가는 투명한 혁명가의 한없이 풍요로운 모습에
서 한시도 눈을 뗄 수 없다.

나는 고양이 스토커

© 아사오 하루밍 2015

초판 1쇄 발행	2015년 9월 22일
초판 2쇄 발행	2017년 2월 14일

지은이	아사오 하루밍
옮긴이	이수미

펴낸이, 편집인	윤동희

편집	윤동희
디자인	최윤미
제작처	영신사(인쇄), 한승지류유통(종이)

펴낸곳	(주)북노마드
출판등록	2011년 12월 28일 제406-2011-000152호

주소	04003 서울시 마포구 월드컵로 12길 45(서교동 474-8) 2층
문의	02.322.2905(전화) 02.326.2905(팩스)
전자우편	booknomadbooks@gmail.com
페이스북	/booknomad
트위터	@booknomadbooks
인스타그램	booknomadbooks

ISBN	979-11-86561-14-0 03830

* 이 책의 판권은 지은이와 (주)북노마드에 있습니다.
  이 책 내용의 전부 또는 일부를 재사용하려면
  반드시 양측의 서면 동의를 받아야 합니다.

* 이 책의 국립중앙도서관 출판시도서목록(CIP)은
  서지정보유통지원시스템 홈페이지(http://seoji.nl.go.kr)와
  국가자료공동목록시스템(http://www.nl.go.kr/kolisnet)에서
  이용하실 수 있습니다.(CIP 제어번호: CIP2015024010)

www.booknomad.co.kr